VÉRONIQUE DROUIN

L'ÎLE
D'AURÉLIE

la courte échelle

Les éditions de la courte échelle inc.
5243, boul. Saint-Laurent
Montréal (Québec) H2T 1S4

Direction littéraire et artistique:
Annie Langlois

Révision des textes:
Simon Tucker

Conception graphique:
Elastik

Mise en pages:
Mardigrafe

Dépôt légal, 1er trimestre 2004
Bibliothèque nationale du Québec

La courte échelle reconnaît l'aide financière du gouvernement du Canada par l'entremise du Programme d'aide au développement de l'industrie de l'édition pour ses activités d'édition. La courte échelle est aussi inscrite au programme de subvention globale du Conseil des Arts du Canada et reçoit l'appui du gouvernement du Québec par l'intermédiaire de la SODEC.

La courte échelle bénéficie également du Programme de crédit d'impôt pour l'édition de livres — Gestion SODEC — du gouvernement du Québec.

Données de catalogage avant publication (Canada)

Drouin, Véronique

L'île d'Aurélie

       (Mon roman; MR7)

    ISBN 2-89021-690-X

    I. Titre.

PS8557.R699I43 2004   jC843'.6   C2003-941892-8
PS9557.R699I43 2004

Véronique Drouin

Véronique Drouin a étudié en sciences pures et elle a obtenu un baccalauréat en design industriel. Elle a d'abord été conceptrice de jouets pendant quelques années. Puis elle s'est tournée vers l'illustration de livres jeunesse, avant de se plonger dans l'écriture de romans. Véronique Drouin est une grande amateure de romans d'anticipation, de science-fiction et de bandes dessinées. *L'île d'Aurélie* est le premier titre qu'elle publie à la courte échelle.

VÉRONIQUE DROUIN

L'ÎLE
D'AURÉLIE

la courte échelle

À Alexandre.
Si tu n'avais pas existé,
? comp past *je t'aurais inventé…*

Le rêve est l'aquarium de la nuit.
VICTOR HUGO

Pax

1

Aurélie ouvrit la porte d'entrée et une brise glaciale se fraya un chemin dans le petit vestibule carré. Elle la referma presque aussitôt pour empêcher un bouquet tourbillonnant de feuilles cramoisies d'envahir le plancher. Saisie d'un frisson, elle retourna dans le hall chaleureux de la maison. Janie, sa mère, auréolée d'un nuage de parfum et de fixatif pour cheveux, descendit l'escalier avec empressement. En la contemplant, la jeune fille eut un sourire moqueur.

— Qu'y a-t-il ? Ma robe ne me va pas ? Mon maquillage est trop prononcé ? s'exclama Janie en gesticulant.

— Es-tu certaine que ce n'est qu'un dîner d'affaires ? ricana sa fille en se donnant des airs de grande séductrice pour imiter sa mère.

— Voyons, Luc n'est qu'un collègue, affirma Janie en se précipitant vers le miroir pour tenter de replacer une mèche.

Aurélie l'examina, les bras croisés et les paupières à demi fermées.

— Il appelle souvent pour un gars qui ne s'intéresse qu'à des dossiers…

Sa mère se tourna vers elle, hésitante.

— Tu sais, maman, ça ne me dérangerait pas si tu rencontrais quelqu'un… j'en serais même plutôt contente. Il y a déjà si longtemps que papa n'est plus avec nous, souffla l'adolescente.

Sa mère la serra fort dans ses bras et lui murmura :

— On verra, on verra.

Un klaxon retentit et Janie courut dehors.

— Bonne soirée, Aurélie !

Aurélie regarda la voiture s'éloigner avant de refermer la lourde porte. Elle prit soin ensuite de la verrouiller et fit le tour de la maison pour s'assurer que toutes les fenêtres étaient fermées. Elle alluma les lumières extérieures pour chasser les ombres inquiétantes qui se dessinaient dans la cour ; elle trouvait que le vieux chêne qui trônait au milieu du terrain ressemblait étrangement à une main noueuse sortie de la terre pour implorer le ciel. Néanmoins, elle se sentait en sécurité dans cette maison de ville flanquée de part et d'autre de voisins.

Avec un plat de croustilles et un grand verre de limonade, elle s'installa au salon devant la télévision. Elle décida de rester éveillée jusqu'au retour de sa mère ; elle avait trop envie de voir sa tête lorsqu'elle rentrerait. Serait-elle décoiffée ?

Aurélie monta à l'étage pour enfiler son pyjama de flanelle puis, édredon sur l'épaule et oreiller sous le bras, elle redescendit transformer le divan du salon en lit douillet. Se calant dans ce nid chaud, elle zappa et s'arrêta sur un film qui débutait. « Ce soir, nous vous présentons *L'Opéra de la terreur*, mettant en vedette Bruce Campbell », annonça le présentateur.

Aurélie jeta un regard coupable en direction de la porte d'entrée, comme si sa mère y était pour désapprouver son choix d'émission. Avec un sourire satisfait, elle se roula en boule sur le divan.

Le film eut à peine le temps de commencer que ses paupières devinrent lourdes. Elle essaya tant bien que mal de suivre l'histoire, mais le sommeil eut raison d'elle. Un premier cri la fit sursauter. À l'écran, des adolescents paniqués couraient dans la forêt, pourchassés

13

par des esprits maléfiques. Aurélie referma les yeux et s'endormit.

Un autre cri la réveilla. Encore embrumée, elle réalisa qu'aux hurlements provenant du téléviseur se mêlaient les aboiements agressifs de Kabuki, le chien de la voisine, Mme Vincent. Intriguée, l'adolescente se redressa. Le labrador noir n'aboyait que lorsque des intrus se présentaient sur le terrain.

Elle se dirigea vers le hall. À ce moment, elle entendit un grand bruit à l'étage. Figée, elle leva les yeux. Un rugissement déchira l'air. Une silhouette apparut, puissante, inchangée depuis la dernière fois que la jeune fille l'avait vue. Cette créature était de retour pour la hanter.

Horrifiée, elle vit l'homme-chat sortir de la pénombre qui noyait le hall à l'étage. Il portait une balafre sur son œil gauche.

Les deux ennemis se mesurèrent un instant, et Aurélie s'élança vers la cuisine en fermant la porte derrière elle. Paniquée, elle chercha dans les tiroirs une arme tranchante pour se défendre, entendant les pas résonner dans l'escalier. Elle passa son doigt sur la lame affilée d'un long couteau et dit, déterminée:

— Tu ne m'auras pas encore cette fois...

La porte s'ouvrit à la volée et l'homme-chat apparut sur le seuil. Aurélie leva le couteau, espérant le tenir en respect, mais la bête se rua sur elle. L'adolescente l'esquiva et fonça en avant, évitant de justesse la puissante créature. La jeune fille grimpa l'escalier, l'haleine chaude du monstre sur ses chevilles. Elle se rendit dans la chambre de sa mère et poussa la porte sur l'homme-chat. Lorsqu'elle constata avec désarroi qu'il allait réussir à entrer, elle lui mordit la patte. Il hurla et se retira. Aurélie claqua la porte et cala le dossier d'une chaise sous la poignée. L'homme-chat essaya d'ouvrir la porte à grands coups. L'adolescente chercha une issue. La fenêtre était beaucoup trop haute pour sauter. Son regard se posa sur la chute à linge qui aboutissait dans un placard du rez-de-chaussée. Elle s'y jeta sans plus attendre.

Sa descente se termina dans un amas de vêtements. Les bruits à l'étage au-dessus s'estompèrent peu après. Mais Aurélie tenait encore le couteau sur son cœur, souhaitant que l'homme-chat soit reparti.

Combien de temps resta-t-elle cachée ? Des bruits la sortirent d'un demi-sommeil. Lorsque la porte du placard s'ouvrit brusquement, elle brandit le couteau, les yeux fermés, trop effrayée pour faire face à son sort.

seuil - threshold.

— Aïe ! s'écria Janie.

Effarée, l'adolescente ouvrit les yeux pour découvrir sa mère.

— Aurélie, ma petite, c'est maman !

La jeune fille porta la main à sa bouche et lâcha son arme. Elle se lança au cou de sa mère en sanglotant.

— Maman ! Je ne voulais pas… Je croyais que l'homme-chat m'avait repérée ! Je suis désolée !

Abasourdie, Janie l'apaisa en lui caressant les cheveux.

— Ce n'est pas grave. Ce n'est qu'une égratignure…

Peu de temps après, Aurélie se retrouva assise, les bras croisés, devant un verre de lait chaud au miel. C'était la boisson en règle lorsqu'une discussion entre elle et sa mère s'imposait. La jeune fille garda les yeux baissés, embarrassée. Janie déposa le long couteau dans l'évier. Un pansement couvrait le côté de sa main gauche.

— Je me doute que tu as regardé un film d'horreur… C'est ce qui t'a effrayée, n'est-ce pas ? demanda-t-elle.

L'air grave, Aurélie resta muette et porta les yeux sur le calendrier fixé au mur.

— J'insiste pour avoir cette conversation tout de suite, même s'il est tard !

— L'homme-chat est revenu, se contenta-t-elle de répondre.

— Tu sais très bien qu'il n'existe pas. Le médecin t'a expliqué qu'il était né de ton inconscient et qu'il n'était pas réel !

— Il m'a pourchassée partout dans la maison. Je me suis réfugiée dans ta chambre pour me protéger. La porte doit être encore verrouillée...

— J'ai déjà regardé en te cherchant et elle n'était pas verrouillée.

Janie vint s'asseoir à côté de sa fille, entourant ses épaules de son bras.

— Ce serait peut-être une bonne chose pour toi de retourner voir le docteur Leclair. Il pourra sans doute t'aider à comprendre ce qui t'arrive, cette fois.

Aurélie redoutait un rendez-vous avec le psychiatre. Elle l'avait consulté régulièrement au cours des quatre dernières années. Plus elle apprenait à le connaître, plus elle trouvait qu'il ressemblait à un requin désabusé. Il était davantage convaincu de l'efficacité des médicaments que de l'utilité du dialogue avec ses patients. Lorsqu'elle lui exposait ses problèmes, il la fixait d'un air lointain, comme s'il dressait mentalement sa liste d'épicerie. Il se souciait peu des tourments qui la bouleversaient et se bornait à lui dicter ce qu'elle devait croire ou penser.

Aurélie se tourna vers sa mère.

— Ce doit être le film qui m'a effrayée. Ne t'inquiète pas, j'irai mieux demain.

Sceptique, Janie la laissa toutefois aller se coucher. À mi-chemin de l'escalier, son couvre-lit et son oreiller sous le bras, l'adolescente demanda, d'un ton badin :

— Comment s'est passée ta soirée ?

— Bien, répondit Janie, hésitante, en lissant sa chevelure en bataille.

Avec un sourire en coin, elle regarda sa fille fermer la porte de sa chambre, puis implora son défunt mari :

— Mon cher Marc, comment vais-je aider notre petite fille ?

2

Le lendemain, samedi, Aurélie se réveilla tard. Elle avait dormi d'un sommeil lourd sans avoir été hantée par l'homme-chat. Mais elle savait qu'elle ne perdait rien pour attendre. En repensant aux événements de la veille, elle fut déterminée à prouver que le monstre n'était pas une illusion créée de toutes pièces par son imagination.

Elle balaya sa chambre du regard, scrutant le tapis à la recherche d'une empreinte de patte. Elle était certaine qu'il était apparu dans cette pièce. Elle regarda sous le lit, mais elle n'y trouva que les restes bleuissants d'un sandwich, un bas qu'elle cherchait depuis des lunes et une vieille balle de tennis. Elle se releva, contrariée, et fouilla sa garde-robe sans plus de succès.

Quelques minutes plus tard, tout en coiffant ses fins cheveux blonds devant la psyché, ses yeux se posèrent sur une touffe de poils prise dans le coin de la glace. Elle la retira et l'examina attentivement. C'était sans l'ombre d'un doute du poil d'animal. Aurélie se demanda si le miroir était la porte qui séparait son monde de celui de l'homme-chat. Elle tendit la main vers son reflet. À part cette touffe de poils, rien ne confirmait que quelque chose se trouvait de l'autre côté. Elle plaça les poils dans un petit coffre d'émail où elle gardait tous ses fétiches : la première dent qu'elle avait perdue, une pièce de monnaie chinoise donnée par son amie Jasmine, une épinglette en forme de dinosaure offerte par son copain Zachary et, enfin, un gros œil-de-chat iridescent que son père lui avait légué.

Lorsque sa mère l'appela pour le repas, Aurélie dévala en trombe l'escalier.

— Quel est ton horaire de la journée ? demanda Janie en lui servant un œuf au miroir avec du bacon.

— Je vais voir Jasmine. Elle m'a dit qu'elle lirait mon avenir dans une tasse de thé. Elle m'a aussi invitée à coucher…

— Alors tu me laisses seule avec l'homme-chat ? taquina Janie avec un sourire.

— Maman, tu sais bien qu'il n'apparaît que pour

moi ! Si tu as peur, tu peux toujours appeler Luc…
suggéra-t-elle, fière de sa réplique.

— Ne parle pas la bouche pleine !

Un ange passa, puis toutes deux éclatèrent d'un
rire complice.

Aurélie prépara son sac et décida d'y inclure son
coffre d'émail. Qui sait, peut-être que Jasmine aura
quelques bons conseils à lui donner ? Elle embrassa sa
mère et, prête à partir, enfourcha sa bicyclette. Son regard fut attiré par Kabuki qui l'observait, haletant, de
l'autre côté de la clôture. Elle décida de rendre visite
à Mme Vincent.

La porte de la voisine s'ouvrit sur un nuage d'encens, et Béatrice Vincent l'accueillit, vêtue d'un ki-
mono mauve.

— Bonjour, Aurélie. Qu'est-ce que je peux faire
pour toi ? Tu veux entrer prendre un verre de lait de
soya ou un jus d'orange et carotte frais du matin ? offrit Béatrice, toujours hospitalière.

— Non, merci, je suis un peu pressée… Je voulais vous demander si vous aviez entendu Kabuki
aboyer hier soir vers minuit.

Béatrice leva les yeux, pensive, et affirma :

— Oui. Je me rappelle m'être levée et avoir regardé à la fenêtre. Kabuki semblait aboyer dans la

direction de ta maison et, puisque je savais que tu étais seule, j'ai porté une attention particulière. Pourtant, je n'ai vu personne. Ta mère est rentrée peu de temps après… Rien n'est arrivé, j'espère !

— Non, non. Je vais bien ! C'est que j'ai fait un rêve et je n'étais pas certaine si j'étais éveillée ou endormie lorsque Kabuki s'est mis à aboyer…

Devant l'air interrogateur de Béatrice, l'adolescente trouva son explication plutôt pauvre. La dame la salua gentiment et Aurélie repartit en coup de vent sur son vélo. Elle venait de trouver sa seconde preuve.

* * *

Après un copieux repas, Jasmine emmena son invitée dans sa chambre. Jasmine était la meilleure amie d'Aurélie et ses parents, qui possédaient une mignonne épicerie de produits orientaux, étaient originaires du sud de la Chine, à la frontière du Laos.

Au milieu de sa chambre bigarrée, Jasmine plaça une petite table et deux chaises dépareillées. Elle alluma des chandelles partout dans la pièce et en déposa une au centre de la table. Puis elle se rendit à la cuisine et revint avec un plateau sur lequel reposaient deux tasses et une théière.

— Ça ressemble plus à une messe satanique qu'à une lecture de tasse de thé, commenta Aurélie, moqueuse, en s'assoyant.

— Ne ris pas, c'est sérieux ! coupa la jeune Chinoise avec un air solennel.

Jasmine était une vraie apprentie sorcière. Elle en connaissait déjà beaucoup sur les plantes médicinales et s'adonnait aussi à plusieurs activités de voyance telles que le tarot, la numérologie et la lecture des lignes de la main.

Elle versa le thé vert dans chacune des tasses. Aurélie était un peu nerveuse ; elle se doutait que son destin était lié à celui de l'homme-chat. Les deux jeunes filles burent jusqu'à ce que les feuilles forment différents motifs au fond de leurs tasses. Jasmine prit celle d'Aurélie et l'examina d'un air concentré. Ses yeux bridés se plissèrent et elle interpréta à haute voix les deux lignes sinueuses et presque parallèles :

— D'après ceci, tu partiras dans une quête…

Elle fit une longue pause, et Aurélie demanda :

— Une quête ? Où ça ? Pourquoi ?

Son amie lui imposa le silence en levant la main.

— Ce sera une quête périlleuse qui te débarrassera de vieux démons… Est-ce que ça a du sens ? Je n'ai pas lu souvent les feuilles de thé, avoua-t-elle.

— Je ne suis pas sûre quant à la quête, mais les vieux démons sont au rendez-vous… L'homme-chat est revenu, déclara Aurélie.

— Oh non !

Aurélie sortit le coffre d'émail de son sac à dos et tendit la touffe de poils gris à l'apprentie sorcière.

— C'est à lui ? demanda-t-elle surprise.

— Je crois. Je les ai pris sur le grand miroir de ma chambre. En plus, Kabuki s'est mis à aboyer lorsque le monstre est apparu. Ce sont les seules preuves que j'ai pour l'instant. Si je ne trouve pas vite une solution, maman va me ramener chez le docteur Leclair, ça, c'est sûr !

Jasmine était au courant de toutes ses mésaventures avec l'homme-chat et aussi de celles avec le psychiatre incompétent. Elle ajouta :

— Tu sais, des paysans ont découvert dans l'Himalaya une touffe de poils qu'ils croyaient appartenir au yeti. Lorsqu'ils l'ont envoyée à Londres pour une évaluation, un expert a confirmé que la touffe n'appartenait en fait à aucun animal sur la planète… Tu ne connaîtrais pas un scientifique qui pourrait t'aider, par hasard ?

— Je n'ai ni l'argent ni la crédibilité. À mon âge, si je vais voir un scientifique, il va me donner un bon-

bon et me renvoyer à la maison en me disant de continuer à cultiver ma grande imagination…

Songeuses, les deux jeunes filles se postèrent devant la fenêtre pour regarder la pluie fraîche d'automne nettoyer le paysage de ses dernières feuilles. La nuit enveloppait doucement les maisons d'ombres inquiétantes. Pourtant, Aurélie se disait qu'elle était à l'abri du monstre tant qu'elle n'était pas chez elle.

— J'y pense… Mon grand-oncle a une boutique dans le quartier chinois, et je crois qu'il a quelque chose contre les mauvais rêves, offrit Jasmine.

— Non, je dois d'abord affronter l'homme-chat. Si ça ne fonctionne pas, j'essayerai de trouver d'autres solutions, déclina Aurélie.

Jasmine éteignit les chandelles et une odeur de paraffine embauma la pièce. Par la fenêtre, les branches d'arbres foncées zébraient le ciel couvert de cumulus. Un léger brouillard commençait à se former.

— Viens, on va te changer les idées ! proposa la jeune Chinoise. Je veux absolument te montrer un nouveau jeu vidéo !

Aurélie sourit et détacha les yeux de l'aubépine géante qui trônait devant la maison de son amie. Elle était presque certaine d'y avoir vu une silhouette étrange se déplacer.

3

Aurélie remit un billet de retard à la professeure qui le prit d'un air pincé. La jeune fille se dirigea d'un pas traînant vers son pupitre et s'y assit lourdement sous le regard interrogateur des autres élèves. Gênée, elle essaya de sortir ses cahiers et ses crayons de son sac à dos le plus discrètement possible. Jasmine se pencha vers elle et lui chuchota :

— Mon Dieu, tu as l'air plus fatiguée qu'hier !

— Mademoiselle Chang, je vous prierais de ne pas déranger la classe en adressant la parole à la retardataire ! Mademoiselle Durocher, je vous signale que c'est votre deuxième retard cette semaine, réprimanda la professeure.

Aurélie assista au cours sans pouvoir se concentrer. Le samedi soir, chez Jasmine, elle avait bien dormi, sans aucun cauchemar. Mais aussitôt qu'elle était retournée dans sa chambre, l'homme-chat était réapparu. Dimanche et lundi, il l'avait pourchassée dans ses rêves et, enfin, mardi dans la nuit, elle avait cru tomber du toit de la maison et s'était réveillée en hurlant. Janie commençait à s'impatienter, et l'adolescente savait qu'un rendez-vous avec le docteur Leclair était imminent.

— Mademoiselle Durocher, vous êtes toujours de notre monde ?

— Euh… Oui, madame Doucet, hésita-t-elle, clignant des yeux, le menton posé sur ses paumes.

Elle ressentait des étourdissements à observer la professeure aller et venir devant le tableau en écrivant de longues lettres gracieuses de ses grands bras maigres. Mme Doucet aurait pu être plaisante sans son air austère. Elle n'était pas méchante, mais très rigide, et Aurélie trouvait qu'elle favorisait trop les premiers de classe au détriment des plus faibles. Son copain Zachary Lesage, par exemple, était la tête de Turc de la professeure qui voyait peut-être en lui un futur pirate informatique, car il avait la bosse des mathématiques et des ordinateurs, mais aucune motivation pour les autres matières.

La jeune fille sentit qu'on lui grattait le bras. Elle se tourna à demi et un élève lui transmit un message de Zachary.

Il faux que tu m'en parle au diné.

Elle hocha la tête en direction de Zachary.

Le reste de la matinée se passa sans encombre. Lorsque les élèves se sauvèrent au son de la cloche du midi, Mme Doucet intercepta Aurélie dans le couloir et lui demanda de la suivre dans sa classe quelques minutes.

— Mademoiselle Durocher, vous n'êtes pas très attentive ces derniers jours…

L'adolescente ne répondit pas et garda les yeux baissés, jouant distraitement avec les bretelles de son sac à dos.

— Si quelque chose ne va pas, vous pouvez m'en parler.

L'enseignante ne souriait pas, car elle ne souriait jamais. Aurélie pouvait cependant lire la compréhension dans ses yeux, d'ordinaire si froids.

— Non, ça va, madame Doucet. J'ai de la difficulté à dormir ces jours-ci.

— Il faudrait vite régler ce problème d'insomnie. Vous êtes une très bonne élève et je ne voudrais pas voir vos notes baisser comme celles de certains…

La jeune fille comprit l'allusion à Zachary et sourcilla.

— Maintenant, allez manger, et tâchez de vous réveiller un peu.

— Oui, madame Doucet.

Zachary et Jasmine l'attendaient dans le corridor. Ils se dirigèrent rapidement vers la cantine et s'assirent à leur place habituelle, à l'entrée de la salle. Aurélie mordit à belles dents dans une tortilla au poulet.

— Puis ? La Doucet a sorti ses tentacules ? se moqua son ami, faisant onduler ses doigts devant sa bouche.

— Non, elle a même été gentille.

Le garçon porta les mains à sa poitrine et, les yeux ronds, s'écria :

— Impossible !

— Mais ça ne règle pas mon problème d'homme-chat ! Mes rêves deviennent de plus en plus terrifiants, et ma mère est sur le point de prendre rendez-vous avec le docteur Leclair !

— Bon, tu vas encore te retrouver ankylosée comme une vieille tortue de cent vingt-cinq ans ! commenta Zachary.

Tandis que Jasmine picorait dans son plat à l'aide de baguettes, la très populaire Annabelle passa près d'elle et la bouscula. La Chinoise se retrouva avec des vermicelles sur son pantalon.

— Tiens, si ce n'est pas la table des rejets ! ricana l'insolente sans s'excuser.

— Tu as besoin d'attention, n'est-ce pas, Annabelle ? répliqua Aurélie, l'air mauvais.

Du point de vue scolaire, Annabelle était une première de classe. Pourtant, Aurélie avait souvent l'impression qu'elle ne saisissait pas la subtilité de ses remarques. Annabelle prit un air hautain et lança :

— Hé, la cinglée, avec tes yeux cernés de raton laveur, tu ne me fais pas peur !

À l'aide d'une cuillère de plastique, Zachary catapulta un peu de yogourt aux fraises sur la robe de la jeune fille. Révoltée, elle se mit à hurler, et un surveillant accourut pour voir ce qui se passait.

— Elle est arrivée en coup de vent à notre table et j'ai sursauté ! expliqua le garçon sans parvenir à cacher son air espiègle.

— Monsieur Lesage, vous êtes de l'autre côté de la table. Il est impossible d'échapper du yogourt à un mètre de distance sans le faire exprès.

Puis, remarquant les vêtements tachés de Jasmine, le surveillant demanda :

— Serait-ce une autre des bévues de M. Lesage ?

— Non, c'est elle qui m'a bousculée, fit-elle en pointant la prétentieuse du doigt.

— Ce n'est pas vrai ! cria cette dernière.

Le surveillant allait donner son verdict lorsque les cris hilares d'une bataille de bouffe l'appelèrent à l'autre bout de la cantine. Zachary souffla, car il s'était de nouveau évité une visite chez le directeur. Aurélie se leva alors pour affronter Annabelle.

— Tu vois, ma chère, la victoire appartient aux gens justes, pas aux fées Carabosse dans ton genre !

Humiliée par tous ces yeux qui l'observaient, l'élève hautaine serra les poings et donna un coup de pied sur le tibia de son adversaire avant de s'enfuir en essuyant ses larmes de comédienne. Zachary et Jasmine applaudirent avec éclat.

— Bravo ! Si tu peux venir à bout d'Annabelle Chénier, tu peux arriver à n'importe quoi ! s'exclama la Chinoise.

— Je l'espère bien, murmura Aurélie qui reprit sa place en clopinant.

Plus tard, Aurélie bayait aux corneilles en écoutant distraitement la leçon de géographie. Elle suivait le mouvement des aiguilles de l'horloge qui semblaient faire du surplace.

— Mademoiselle Durocher, où se trouve le Maroc sur la carte ? demanda la professeure, remarquant son inattention.

— Euh… En Afrique, madame Viateur.

— Où, en Afrique ? s'enquit l'enseignante pour vérifier si elle avait saisi quelques bribes du cours.

L'adolescente allait donner sa langue au chat quand Jasmine éternua bruyamment, ce qui fit voler une feuille sur le sol. Aurélie vit un gros « N.-O. » sur le papier.

— Au nord-ouest, madame.

Bouche bée, la professeure saisit la supercherie, mais se contenta de lever les yeux au ciel en poussant un soupir d'agacement.

Aurélie continua donc à rêvasser. Elle se cala sur son siège et fit mine de suivre dans son atlas. Les yeux à demi fermés, elle allait s'assoupir quand un grincement la força à se tourner vers la fenêtre.

Les branches d'un arbre grattaient la vitre. Elle laissa errer son regard sur le petit parc balayé par les vents du nord. Des bouquets de feuilles mortes virevoltaient dans une danse ensorcelante. Un orage se préparait et des éclairs illuminaient le ciel chargé de gros nuages.

Le bruit sur la vitre devenait plus fort. Aurélie constata avec effroi que l'homme-chat était couché de tout son long sur la branche. Il avait entre les dents le chandail préféré de l'adolescente qu'il épiait en balançant la queue tel un félin guettant sa proie.

La jeune fille poussa un cri rauque qui surprit la classe. Elle se leva d'un bloc et s'élança vers la porte malgré les protestations de la professeure. Inquiets, Jasmine et Zachary la suivirent dans le corridor. Aurélie dévala l'escalier du hall principal et courut dehors. Elle leva les yeux vers le grand arbre devant sa classe et vit son chandail qui flottait sur une des branches, évoquant un drapeau de guerre. Ses amis arrivèrent en trombe derrière elle et regardèrent dans la même direction.

— N'est-ce pas ton chandail, ça? questionna le garçon.

Jasmine lui répondit avec de gros yeux. Les élèves s'étaient rassemblés à la fenêtre de la classe et les dévisageaient curieusement. La pluie commença à tomber à grosses gouttes et les amis d'Aurélie l'entraînèrent à l'intérieur.

Le chandail était trop haut pour qu'elle puisse le récupérer.

* * *

Zachary sortit du bureau du directeur avec son éternel sourire coquin. Il remit sa casquette à l'envers sur ses boucles brunes en bataille.

— Jasmine Chang, tu peux entrer, ordonna le directeur.

Zachary s'assit à côté d'Aurélie qui, mortifiée, avait les joues zébrées de larmes.

— Et puis ? Comment t'en es-tu sorti ? interrogea Aurélie.

— Pas si mal. Il faut que je copie deux cents fois la phrase : « Je ne quitterai pas le cours sans permission. »

— Deux cents !

— Ouais. Et c'est à part des deux autres copies que j'ai eues cette semaine pour avoir mâché de la gomme en classe et oublié de remettre un devoir, se rappela-t-il.

Jasmine sortit à son tour, refermant doucement la porte.

— J'ai eu une copie de cent lignes.

— C'est ma faute ! Je suis désolée pour vous deux…

La cloche de la récréation sonna et les élèves remplirent bruyamment les couloirs. Annabelle passa devant eux et lança un regard triomphant à Aurélie.

— Je te l'avais dit que tu étais cinglée ! Maintenant tu vois à qui appartient la victoire !

— Qu'est-ce qui t'est arrivé, Annabelle ? Tu n'es pas capable de manger comme une adulte ? railla Aurélie en pointant la tache qui salissait sa robe.

Outrée, la prétentieuse rougit et tourna les talons pour s'enfoncer dans la foule.

— C'est ça ! Fiche le camp, chipie ! cria Zachary dans son dos.

À ce moment, la porte s'ouvrit.

— Entre, Aurélie, fit le directeur.

Aurélie salua ses amis avant d'entrer dans le bureau à contrecœur. Se tordant les mains avec nervosité, elle prit place sur le bout du fauteuil que le directeur lui désignait. Celui-ci, un homme corpulent dans la quarantaine, avait un air sympathique. Il s'assit à son bureau puis observa la jeune fille au-dessus de ses lunettes rondes.

— Aurélie, il semble que tu aies un peu de difficulté dans tes cours, ces jours-ci.

Elle bougea sur son siège, mal à l'aise.

— Tes professeurs s'inquiètent de ton état. C'est vrai que tu as l'air très fatiguée.

Elle ne savait que répondre. Il poursuivit :

— Quelque chose ne va pas à la maison ? Tu ne te sens pas bien ?

Elle décida de tout lui avouer. Peut-être la laisserait-il tranquille ensuite.

— J'ai plein de cauchemars, ces jours-ci. Il y a cet homme-chat qui me pourchasse partout. Il est rendu à l'école, raconta-t-elle, défiant du regard le directeur pour voir quelle serait sa réaction.

— Ah… Bon, bredouilla-t-il, en se grattant la barbe, gêné. Tu peux retourner en classe.

— Je n'ai pas de copie ? Et Jasmine et Zachary, eux ?

— Ils n'avaient pas à te suivre dehors.

— Ce sont mes amis ! Ils voulaient m'aider !

— Aurélie, si je laissais tous les élèves entrer et sortir à leur guise pendant leurs cours, ce serait vite l'anarchie, tu ne crois pas ? Pour toi, ce n'est pas la même chose… C'est comme si tu avais eu un malaise.

La jeune fille s'apprêtait à protester, mais le téléphone sonna. Le directeur parut soulagé de devoir mettre fin à leur conversation. Il n'avait jamais vu de sa carrière une élève demander une copie ou négocier celles de ses camarades.

L'adolescente sortit frustrée de la pièce, doutant qu'il n'y ait aucune conséquence à son escapade de l'après-midi.

4

Trempée, Aurélie entra chez elle, tenant son chandail qu'elle avait récupéré dans la cour d'école, maculé de boue. Il n'était que seize heures, et elle fut surprise de trouver sa mère à la maison. Elle déposa son sac et alla rejoindre Janie à la cuisine.

— Bonjour, maman ! Qu'est-ce que tu fais ici à cette heure ?

— J'ai reçu un coup de téléphone de ton directeur.

« Oh non ! » pensa Aurélie. Malgré son air compatissant, il s'était empressé d'alerter sa mère dans son dos. L'adolescente s'assit face à Janie qui semblait un peu découragée.

— J'ai réussi à obtenir un rendez-vous avec le docteur Leclair dès demain, articula Janie qui prit un air autoritaire pour masquer sa tristesse.

— Maman ! Tu ne peux pas m'emmener voir ce charlatan ! Il n'y a pas quelqu'un d'autre ?

— Le docteur Leclair est un excellent psychiatre ! Tu le sais. En plus, il connaît déjà ton dossier médical.

Aurélie se leva et renversa sa chaise. Elle dévisagea sa mère et des larmes lui montèrent aux yeux. Elle allait protester de nouveau, mais elle secoua la tête et monta s'enfermer dans sa chambre.

Quelques heures plus tard, Janie porta un plateau à la chambre d'Aurélie qui refusait de descendre manger. Elle s'assit à côté de sa fille qui s'était roulée en boule sous l'édredon et posa une main réconfortante sur l'épaule de l'adolescente. Celle-ci la chassa d'un mouvement exaspéré.

— Je ne voulais pas te contrarier. Je ne veux que ton bien.

La jeune fille repoussa les couvertures, le visage tourné vers le mur. Janie remarqua qu'elle avait pleuré.

— Depuis une semaine, tu as l'air d'un zombie. Tu manques de forces et tu manges très peu. La dernière fois que tu as suivi un traitement avec le docteur Leclair, l'homme-chat a disparu et tu as retrouvé la santé.

Aurélie se redressa pour faire face à sa mère.

— Son traitement n'est qu'un pansement sur une jambe cassée. Ça semble efficace, mais ça ne règle pas le problème. Je sais que le monstre reviendra encore.

— Tout ce que je te demande, c'est d'essayer.

Janie tendit les bras vers sa fille qui s'y réfugia.

— Je veux retrouver ma petite chouette pleine de spontanéité et d'énergie ! Nous en viendrons à bout de cet homme-chat, tu verras…

— J'ai faim, murmura Aurélie avec un sourire coquin.

Le lendemain, vers seize heures, Janie et Aurélie patientaient dans la salle d'attente du docteur Leclair. L'adolescente redoutait terriblement ce rendez-vous. Tout de ce médecin sonnait faux : ses écrits sur la pédopsychiatrie, son bureau décoré pompeusement et même sa secrétaire à la poitrine gonflée au silicone. Aurélie en vint à se demander si on ne trouvait pas des diplômes de psychiatrie dans les boîtes de céréales.

Enfin, le dernier patient sortit. Il s'agissait d'un garçonnet d'environ huit ans accompagné, lui aussi, de sa mère. Il semblait hagard et désorienté. Aurélie se tourna vers Janie avec un regard implorant, mais celle-ci était absorbée par sa lecture. Lorsque son nom fut annoncé, elle se cala sur son siège. Janie dut la tirer par le bras pour l'entraîner dans le bureau du médecin.

Le docteur Leclair les accueillit dans un bureau luxueux aux murs tapissés de livres. Aurélie avait l'impression encore une fois d'être en visite au laboratoire du docteur Frankenstein. Le psychiatre, un homme de près de soixante ans aux cheveux blancs immaculés, leur sourit de toutes ses fausses dents. Ce rictus sinistre, qui se voulait enjôleur, ne réconforta en rien la jeune patiente.

— Alors, comment va notre chère Aurélie, aujourd'hui ?

« Quelle question idiote ! » se dit l'adolescente, exaspérée. Elle ne répondit pas et prit place dans un des fauteuils devant le bureau.

— Pas très bien. L'homme-chat est revenu, soupira Janie.

— Ah bon ! s'exclama-t-il en feignant un air surpris. Depuis quand ces visions ont-elles repris ?

— Depuis vendredi dernier, marmonna Aurélie d'un ton nonchalant.

Elle décida de participer à la conversation, n'endurant pas que les deux adultes parlent d'elle comme d'une curiosité de cirque.

— Ça n'arrivait que le soir, quand je dormais, mais depuis hier, il apparaît aussi lorsque je suis à l'école, continua-t-elle.

— Hum, acquiesça le médecin.

Il s'assit, prit des notes dans son dossier, puis gribouilla quelques mots sur son calepin de prescriptions. Il tendit alors l'ordonnance à sa jeune patiente.

— Déjà ? s'étonna-t-elle. La consultation est déjà terminée ? Vous ne me posez plus de questions ? Vous ne m'examinez pas ?

— Non, pas pour l'instant. Essaie ceci, c'est très efficace.

Aurélie lut le papier et crut déchiffrer le mot « Valium ».

— Du Valium ? C'est quoi le rapport ? M'avez-vous au moins écoutée ? Je ne suis pas hystérique ni anxieuse !

— Oui, docteur ! Elle n'a aucun problème de la sorte !

— Cela la calmera et l'aidera à dormir. Elle pourra ainsi reprendre ses cours et retrouver sa quiétude.

Janie semblait sceptique et laissa tomber un « bonne journée, docteur » un peu froid. Elle franchit le seuil de la porte et Aurélie se leva à son tour, fixant le médecin d'un air dégoûté.

— Je sais que vous n'êtes qu'un charlatan ! vociféra-t-elle avant de s'éloigner du médecin surpris.

L'adolescente savait qu'à présent, elle n'avait plus un mais bien deux ennemis : l'homme-chat et le docteur Leclair. Et, pour se débarrasser de ce dernier, elle devait absolument trouver un moyen d'en finir avec l'homme-chat.

5

Le lendemain midi, à la cafétéria, Aurélie, Zachary et Jasmine mangeaient tranquillement en discutant du rendez-vous chez le docteur Leclair.

— Il est plus épeurant que rassurant avec son dentier de vampire, maugréa Aurélie.

— Ne prends pas cette drogue, lui conseilla la Chinoise. Tu pourrais peut-être consulter mon grand-oncle pour avoir son opinion sur ton cas.

— J'ai déjà pris la première pilule hier avant de me coucher et j'ai quand même vu l'homme-chat. Le seul effet a été de m'engourdir, raconta l'adolescente en étouffant un bâillement.

— Va voir son grand-oncle, suggéra Zachary. Qu'est-ce que tu as à perdre ?

— Ouais…

— Demain soir… commença Jasmine.

Un cri perçant les fit sursauter. À une table plus loin, Annabelle bondit de son banc en tenant son sac à dos à distance devant elle. Sous les regards moqueurs et les rires étouffés des élèves, elle en sortit un pauvre crapaud ahuri. Sans hésitation, elle s'avança vers Zachary avec le batracien qui se débattait dans sa main. Elle le relâcha sur la table. Celui-ci sautilla vers Zachary qui avait de la difficulté à retenir son fou rire.

— C'est toi qui as mis cette affreuse bête dans mon sac ? cria Annabelle.

— Non, elle a dû s'échapper du vivarium de la classe d'écologie, riposta-t-il avec un air innocent.

— La prochaine fois que tu joues au plus malin, je t'arrache tes taches de rousseur ! fulmina-t-elle en retournant à sa place.

Aurélie et Jasmine lancèrent un regard accusateur à Zachary.

— Tu ne crois pas que tu y vas un peu fort ?

— Ce n'est pas moi ! protesta-t-il franchement.

Benjamin, le frère jumeau d'Annabelle, vint s'asseoir à côté d'eux.

— Désolé, c'est moi qui ai fait le coup.

— Pourquoi ? s'étonna Aurélie.

— C'est une vraie peste ! Elle ne manque jamais

une occasion de me jouer un tour à la maison. Hier, elle m'a collé une gomme dans les cheveux. C'est pour ça que j'ai cette tête aujourd'hui, expliqua-t-il en relevant les yeux vers ses cheveux blonds coupés plus courts que d'habitude.

— Bienvenue dans le club! s'exclama Jasmine avec un sourire satisfait.

Ils rigolèrent, sympathisant avec leur nouveau compère. Cependant, Zachary sourit, mi-figue mi-raisin, et se demanda si ce n'était pas une astuce du beau Benjamin pour attirer l'attention d'Aurélie.

L'après-midi, dès que la cloche retentit, annonçant la fin des cours, une foule de jeunes envahirent les corridors, criant et riant à gorge déployée. Aurélie réussit à retrouver Jasmine dans la cohue. Zachary et Benjamin les rejoignirent.

— Alors, c'est ce soir que tu vas voir le médecin vaudou? interrogea Zachary.

— Le vaudou, c'est haïtien, pas chinois! corrigea Jasmine.

— Je vais essayer. Au point où j'en suis, ce ne peut être pire. Avec le poison du docteur Leclair, je me sens comme dans une bulle. Si ça continue, j'ai peur que l'homme-chat finisse par m'attraper!

— Dans ce cas, ne tardons pas à nous rendre

chez mon grand-oncle. Il a des remèdes miracles pour tout! assura Jasmine.

— Nous, on vous accompagne! proposa Benjamin.

Aurélie sourit, encouragée par l'enthousiasme de ses amis.

— Hé, je suis toujours partant pour du poulet à la citronnelle et des rouleaux de printemps dans le quartier chinois… rigola Zachary, se frottant le ventre.

Après plusieurs minutes de bus, les quatre compagnons débarquèrent devant l'imposant portail qui trônait à l'extrémité nord du quartier chinois. Pendant que Jasmine tentait de s'orienter, Aurélie admira les deux gros dragons-lions sculptés qui gardaient noblement l'entrée. Elle fut impressionnée par l'activité intense qui régnait dans cette partie de la ville. Des dames aux chapeaux coniques marchandaient des fruits et légumes étranges, tandis que des gens entraient et sortaient de nombreux restaurants qui dégageaient des effluves exotiques. Dans une épicerie orientale, Zachary et Benjamin achetèrent même une pieuvre séchée à l'intention d'Annabelle.

Jasmine entraîna ensuite ses amis dans une rue piétonnière, se faufilant entre les vendeurs de souvenirs, les musiciens orientaux et les touristes. Puis elle s'arrêta devant un escalier étroit et vacillant qui menait à une petite boutique. Aurélie déchiffra sur l'enseigne les mots « médecine chinoise ». Ils gravirent les quelques marches, regardant de tous côtés, comme s'ils s'apprêtaient à commettre un vol. Une clochette suspendue à la porte annonça leur arrivée. Une forte odeur de pot-pourri d'herbes médicinales embaumait l'espace restreint de la salle d'attente. Des patients attendaient, entassés entre les tablettes remplies de flacons et de pots multicolores. Aurélie, les yeux agrandis par le méli-mélo qui s'empilait jusqu'au plafond, eut l'étrange sentiment que la quête dont Jasmine parlait débuterait ici.

Jasmine se dirigea vers la secrétaire, une dame au fin visage, et s'exprima en chinois. La dame adressa un regard lumineux aux jeunes gens que Jasmine lui présenta dans sa langue maternelle. Puis elle hocha la tête d'un air entendu dans la direction d'Aurélie.

— Venez, venez ! leur dit Mme Chang.

Les deux filles laissèrent Benjamin et Zachary derrière et suivirent la grand-tante de Jasmine au travers d'un rideau de billes. Elles se retrouvèrent dans un couloir bordé de portes fermées et d'affiches vantant les mérites de produits thérapeutiques. Mme Chang leur ouvrit une porte et les invita à s'asseoir en attendant son mari.

Le médecin chinois entra et, après avoir embrassé Jasmine, il prit place à son bureau de mélamine brune orné d'un bonsaï de plastique.

— Qu'est-ce que je peux faire pour vous, mes chères demoiselles?

Aurélie se sentit aussitôt en confiance avec cet homme au dos courbé et aux cheveux gris clairsemés. Ses yeux bridés étaient si petits qu'ils se réduisaient à deux fentes lorsqu'il souriait.

— Mon amie a des problèmes de sommeil. Raconte-lui, Aurélie.

La jeune fille toussota, gênée.

— Depuis que je suis petite, je ne sais pas pourquoi, un homme-chat hante mes rêves. À l'époque, mon père me protégeait de ses assauts en venant me réconforter quand je me réveillais la nuit. Depuis qu'il est mort, il me semble que l'homme-chat gagne de plus en plus de terrain. Il me pourchasse jusque dans la réalité. Je ne sais pas ce qu'il me veut…

— Il ressemble à quoi, cet homme-chat?

— Il a un grand corps d'homme musclé et une tête de félin… Un peu comme un loup-garou, mais avec les traits d'une panthère.

— Il ne fait que vous pourchasser? Il ne vous interpelle jamais?

— Non, ces rencontres se passent vraiment vite… Je n'ai le temps de rien voir, je cours sans arrêt.

L'adolescente entreprit alors de raconter ses dernières confrontations avec l'homme-chat.

— N'oublie pas ton chandail qu'il a accroché au sommet de l'arbre en face de l'école, rappela Jasmine.

Aurélie acquiesça. Elle tendit ensuite la boîte d'émail qu'elle avait apportée dans son sac. M. Chang examina la touffe de poils.

— Le problème majeur, c'est que vous n'avez aucun contrôle sur vos rêves, expliqua-t-il en lui remettant la boîte. Ceux-ci veulent transmettre un message à votre cœur, mais vous êtes tellement effrayée et angoissée que vous n'en saisissez pas le sens.

— Alors, qu'est-ce que je peux faire pour y remédier ?

Le médecin se frotta le menton en réfléchissant. Il se leva en les priant de l'attendre quelques instants et sortit de la pièce.

— Et puis, qu'en penses-tu ? demanda Jasmine.

— J'ai déjà l'impression qu'il comprend mieux mon problème que quiconque !

M. Chang revint avec un sac de papier dans une main et un flacon dans l'autre. Il ouvrit le sac et en sortit un tissu rouge qu'il déplia. C'était une lanterne garnie de motifs et de glands dorés qui semblait directement sortie du Moyen Âge.

— Suspendez cette lanterne au-dessus de votre lit et elle canalisera votre énergie psychique afin que vous gardiez votre lucidité durant vos rêves.

— Qu'est-ce que vous voulez dire ?

— Normalement dans nos rêves, tout est flou. Nous subissons les événements qui s'y déroulent, sans pouvoir intervenir. Pour trouver la réponse que vous cherchez, vous devez explorer votre monde intérieur, en parfaite possession de vos moyens.

Aurélie prit la lanterne avec précaution, abasourdie par les paroles de l'énigmatique médecin.

— N'oubliez pas de verser cette poudre dans le petit réceptacle qui se trouve à la base de la lanterne.

— Ça sert à quoi ? s'informa Aurélie en prenant le flacon qui miroitait dans la lumière.

— C'est une poudre qui vous procurera de l'énergie et de la confiance pour traverser vos rêves.

— Est-ce qu'elle me donnera des pouvoirs particuliers ? s'enquit l'adolescente avec un sourire.

— Vos pouvoirs seront votre volonté et votre courage. Votre âme, ou, si vous voulez, votre énergie spirituelle, illuminera la lanterne pour vous guider.

— Est-ce que je peux apporter des objets utiles dans cet autre monde ? demanda Aurélie.

— Bien sûr ! Vous n'avez qu'à les placer autour de vous avant de vous endormir. Mais je vous avertis, ils changeront peut-être de forme en passant de l'autre côté.

La jeune fille n'était pas certaine d'avoir compris tout ce que le sage homme lui avait dit, car tant de mystère entourait le rituel de cette lanterne. Ce qu'elle savait, par contre, c'était qu'elle devait affronter l'homme-chat une fois pour toutes.

Après avoir remercié M. Chang, les deux amies sortirent dans le couloir exigu et Aurélie déposa les précieux objets dans son sac. Le médecin les salua et lança :

— Au revoir et bonne quête !

Aurélie se retourna, surprise par son choix de mots, mais le petit homme avait déjà disparu derrière une des nombreuses portes. Elle traversa le rideau de billes vers la salle d'attente, où ses amis l'attendaient. Ils se levèrent d'un bond.

— Et puis ? s'écrièrent en chœur les garçons.

— La quête débute ce soir !

— Je suis certaine que ça va fonctionner ! affirma Jasmine.

Les quatre compagnons sortirent de la clinique et un vent froid leur pinça les joues. La noirceur gagnait le ciel, pourtant les rues demeuraient éblouissantes sous les lumières et enseignes innombrables. De nombreux piétons flânaient avant le début de la fin de semaine, et les bons mets chinois parfumaient le quartier.

— Qu'est-ce que vous diriez d'une bonne soupe won-ton avec des beignets ? suggéra Benjamin.

— Volontiers ! J'ai besoin d'énergie pour cette nuit, acquiesça Aurélie.

— Et après, ricana Zachary, on pourrait peut-être aller présenter notre pieuvre séchée à Annabelle ?

6

Un peu plus tard ce soir-là, Aurélie s'affairait à fixer la lanterne au-dessus de son lit à l'aide d'une solide ficelle. Elle tira sur celle-ci pour s'assurer que la lanterne ne lui tomberait pas sur la tête en pleine nuit. Elle descendait de l'escabeau lorsque sa mère entra, un verre d'eau et un flacon à la main.

— Qu'est-ce que c'est que ce nouveau truc, Aurélie ? questionna Janie.

— C'est une lanterne chinoise qui devrait m'aider à contrôler mes rêves.

Janie déposa un comprimé dans la main de sa fille. L'adolescente le fixa avec hésitation.

— Je ne crois pas que je devrais le prendre.

— Pourquoi pas ?

— Ça m'engourdit et j'ai peur que ça nuise au

fonctionnement de la lanterne.

Janie la regarda avec scepticisme.

— Tu m'avais promis d'essayer le médicament au moins une semaine avant de te faire une opinion, insista-t-elle. Une promesse est une promesse.

Aurélie regardait à tour de rôle le verre d'eau et le cachet, essayant de trouver une solution rapide. Elle savait que sa mère ne lâcherait pas prise tant qu'elle n'aurait pas avalé ce maudit comprimé. Cependant, elle était aussi certaine que si elle prenait cette pilule, elle diminuait ses chances de réussir sa quête. Elle mit le cachet dans sa bouche, l'enfermant dans un coin de sa joue avant de boire une bonne gorgée d'eau.

— Bon, c'est fait ! grommela-t-elle en tendant le verre vide à sa mère.

— Tire la langue !

— Pourquoi ?

— Tire la langue !

L'adolescente tira la langue. Janie pinça les lèvres, mais renonça à un commentaire. Elle souhaita bonne nuit à sa fille et referma la porte, se demandant comment elle allait pouvoir lui imposer le traitement si elle continuait de désobéir de la sorte. Elle devrait en parler au docteur Leclair…

À présent seule, Aurélie cracha le cachet et se

gargarisa plusieurs fois, rejetant tout dans sa poubelle de plastique ; il faudrait la vider le lendemain si elle ne voulait pas que sa mère découvre le subterfuge. Elle espérait quand même ne pas avoir ingéré une quantité importante du « poison ».

Aurélie remonta dans l'escabeau avec le flacon de poudre scintillante. Elle remarqua le petit réceptacle au fond de la lanterne. Elle ouvrit la bouteille et y versa un peu de cette poussière d'étoiles. Enfin, dans un sac de toile robuste, elle déposa un couteau de chasse, une lampe de poche et quelques pansements.

Elle éteignit alors les lumières de sa chambre et se glissa entre les draps frais, observant la lanterne au-dessus de sa tête. Une lueur étrange l'éclairait. Elle se rendit compte de sa nervosité ; elle ne savait pas à quoi s'attendre.

Elle eut aussi une dernière pensée pour Annabelle qui, horrifiée, devait avoir découvert la pieuvre séchée sur son oreiller. Pauvre Annabelle…

Après quelques minutes à chercher une bonne position pour dormir, elle s'abandonna aux bras de Morphée.

* * *

La brume du sommeil se dissipa et Aurélie ouvrit enfin les yeux. Elle regarda autour d'elle et fut rassurée par le décor familier : elle était toujours dans sa chambre. La lanterne scintillait d'une lueur dorée dans la pénombre.

Aurélie se demanda si la poudre avait fait son effet. Rien ne semblait avoir changé, toutefois une ambiance inquiétante régnait. Elle se leva et avança avec précaution vers la porte. Elle tourna la poignée, puis se retrouva dans un grand hall dont les murs étaient chargés de petites sculptures aux visages enfantins apeurés. Le plafond s'élevait en un dôme aux vitraux rouges et un lustre rempli de chandelles aux flammes vacillantes ornait le milieu de la pièce. Un escalier circulaire menait au rez-de-chaussée, plusieurs mètres plus bas. La jeune fille voulut s'agripper à la rampe, mais se rendit compte que celle-ci se tortillait comme un serpent. Elle descendit donc lentement, s'appuyant sur le mur qui bordait l'autre côté de l'escalier. Elle tremblait de peur et son souffle s'était accéléré.

Elle remarqua des gargouilles postées autour du hall qui surveillaient ses moindres mouvements. Après ce qui lui sembla une éternité, elle posa un pied sur le plancher de granite froid. C'est à ce moment qu'elle aperçut son reflet dans un énorme miroir encadré de plumes multicolores. Elle était vêtue d'une ample robe rouge avec de la dentelle à motifs de toiles d'araignées. Ses yeux étaient cerclés de noir et des tresses compliquées ornaient sa tête en une tiare imposante. Elle se trouva un air plutôt inquiétant dans cet accoutrement de princesse maléfique.

Elle détourna son regard pour examiner la pièce et vit quelque chose qui brillait sur une table ronde aux larges pattes de lion. Elle se rapprocha et plissa les yeux devant le scintillement d'une clef ornée de motifs. Ce bel objet lui était étrangement familier et elle avança la main pour le prendre.

Un grand coup de vent secoua alors le hall. Les chandelles du lustre dansèrent et le reflet du miroir se troubla comme l'eau d'un étang. D'un mouvement brusque, elle se retourna et se trouva face à l'homme-chat. Elle ouvrit la bouche pour crier, mais aucun son n'en sortit.

— Te voilà maintenant en train de me hanter, sorcière ! grogna-t-il.

Aurélie essaya de saisir la clef, mais la créature lui barra le passage.

— Non ! Je ne te rendrai pas ceci avant que tu me rendes…

Les gargouilles se mirent alors à hurler de rire et

la jeune fille n'entendit pas la fin des paroles de l'homme-chat. Elle était si terrifiée qu'elle courut en direction du portail qui dominait le hall et l'ouvrit. Dans son élan pour pousser la lourde porte ornementée, elle perdit pied. Elle demeura un instant suspendue à la poignée, entre ciel et terre. Tout était noir à l'extérieur.

Ses doigts glissèrent un à un et elle tomba dans un précipice d'une profondeur abyssale.

* * *

Avec un cri, Aurélie se réveilla en sursaut. Consciente qu'elle était de nouveau dans sa chambre, sa vraie chambre, elle se tut et porta la main à sa bouche. Elle tremblait de tous ses membres et sa respiration était sifflante.

Cette première tentative n'avait vraiment pas été un succès. Elle était si nerveuse qu'elle s'était précipitée sans réfléchir. Si elle voulait éviter de se réveiller à chaque faux pas, elle devait se calmer et penser avant de poser des gestes.

Elle se redressa dans son lit et remarqua son sac à ses côtés. Dans son empressement, elle avait oublié de le prendre. Celui-ci pourrait s'avérer très utile dans le déroulement de sa mission.

Aurélie tenta de se souvenir du rêve qu'elle venait de faire. Aucun des indices qui lui avaient été révélés ne devait être négligé. Ainsi, l'homme-chat possédait une clef qui lui était familière, mais en échange il exigeait qu'elle lui cède quelque chose. Le problème, c'est qu'elle ne savait pas de quoi il s'agissait. Pourtant, ces nouveaux éléments semblaient donner un but à sa quête.

Aurélie se hissa sur le bout des pieds pour observer la lanterne qui se balançait au-dessus de sa tête. La poudre qu'elle y avait déposée avait déjà fini de s'écouler. Voilà donc pourquoi elle avait manqué de carburant au cours de son rêve ! M. Chang ne lui avait-il pas affirmé que cette poudre lui donnerait suffisamment de confiance pour effectuer la traversée ?

Elle prit le flacon et le versa en entier dans le réceptacle. Cette fois serait la bonne. Elle n'avait plus l'intention de se réveiller avant la fin de sa mission.

Elle se glissa sous les couvertures, son sac dans les bras, parée à toute éventualité. Malgré son inquiétude, elle se sentit prête à replonger dans les arcanes profonds de son monde intérieur...

7

Ses yeux s'ouvrirent sur une brume scintillante qui l'enveloppait. Elle éternua à quelques reprises et le nuage se dissipa un peu pour révéler sa chambre. Elle se leva aussitôt, puis remarqua que son sac était toujours à ses côtés. Une faible lumière provenait de l'autre côté de sa porte de chambre et, d'après son rêve précédent, elle savait que ce n'était pas la bonne issue.

Elle ouvrit la fenêtre sur un paysage de désolation. La maison, ou plutôt le château, était juchée sur un pic enneigé et, autour, un lourd brouillard semblait transpercé par des branches d'arbre grises et tordues. Il n'y avait, au loin, qu'une lueur rosâtre qui rassérénait ce décor ténébreux.

D'un coup, elle referma la fenêtre. Elle ne pouvait sortir par là non plus. Aurélie mit son sac de toile en bandoulière et arpenta la pièce. Aucune trappe de secours n'était apparue dans la garde-robe ou sous le lit. Elle prit son courage à deux mains et remonta les manches de son pyjama; l'homme-chat n'avait qu'à bien se tenir, car elle était déterminée à accomplir sa mission avec succès, cette fois-ci.

Elle tourna la poignée d'un geste lent et lorsqu'elle se retrouva dans le hall sordide, la peur l'envahit. En un éclair, la créature remonta l'escalier et apparut devant elle.

— Tu es encore ici, espèce de démone!

Les yeux agrandis par l'horreur, Aurélie reprit son souffle et retourna dans sa chambre, paniquée. «Oh non! Je n'aurais jamais dû ouvrir cette porte!» pensa-t-elle. L'homme-chat rugit telle une bête enragée tandis qu'Aurélie l'observait, impuissante, s'avancer vers elle. Désespérée, elle remarqua que sa psyché ondulait, comme si elle s'était liquéfiée. Un vortex se creusa et la jeune fille fut subjuguée par cette étrange vision qui semblait vouloir la happer. N'ayant plus rien à perdre, l'adolescente jeta un dernier coup d'œil à l'homme-chat et, d'un bond, s'élança vers le miroir. Dans un grand hurlement, elle traversa le portail visqueux.

Elle se retrouva alors étendue sur le sol de ce qui

paraissait être sa chambre. Des débris de verre fracassé s'étalaient autour d'elle. Tout était à la même place, mais une couche de poussière recouvrait son mobilier rongé par le temps. Des vignes et des branches traversaient les murs et des rayons de lumière filtraient par les trous du plafond. Elle se releva de peine et de misère, crachant et toussotant. Secouant ses vêtements, elle s'aperçut que son pyjama avait fait place à une combinaison ultramoderne. Le vêtement léger était muni de fermetures éclair ainsi que de nombreuses pochettes et semblait directement sorti d'un manga. La jeune fille était aussi chaussée de bottes énormes qui lui permettraient de braver les terrains accidentés.

Elle balaya la pièce du regard, fascinée par ce décor si familier, mais défraîchi par des années d'abandon. Les couleurs des murs étaient ternes, les tissus avaient perdu leur éclat, la verdure et d'innombrables toiles d'araignées tapissaient les plafonds. La maison craquait de partout et Aurélie se dépêcha d'en sortir avant qu'elle ne s'écroule. Dans l'escalier du hall, une marche céda sous son pied. Elle tenta de se retenir à la rampe qui s'effondra aussi, envoyant Aurélie rouler sur le carrelage du rez-de-chaussée. La jeune fille se redressa et eut le sentiment qu'elle n'en était qu'au début de son périple.

Dehors, la maison était entourée d'un étang boueux et nauséabond. Au-delà de cette mare s'étendait une véritable forêt amazonienne, dense et humide, avec des arbres plus grands que nature. Leurs troncs bleus et noueux contrastaient avec le ciel rougeoyant. Des arbustes, dont les feuilles étalées en forme d'étoile devaient bien faire deux fois sa taille, couraient un peu partout.

— Bonjour, Aurélie ! Il y a longtemps que je t'attendais !

Tirée de sa contemplation par ce balbutiement étrange, l'adolescente baissa les yeux et chercha celui qui avait prononcé ces paroles. Puis elle remarqua à ses pieds un crapaud orange qui lui souriait. Elle poussa un cri et porta la main à sa bouche.

— Tu ne me reconnais pas ? demanda-t-il, avec de petits yeux insistants.

Aurélie secoua la tête. Elle s'accroupit et tendit la main pour toucher le dos du batracien. Il était beaucoup plus gros que les autres membres de son espèce.

— Un ouaouaron parlant ! hoqueta-t-elle, ébahie.

— Tu ne te rappelles pas l'étang chez ta grand-mère ? Tu as passé trois étés à venir me voir et à me parler chaque jour.

— Gayoum ? Oui ! Je me souviens ! Mais… que fais-tu ici ?

— Un certain hiver, je n'ai pu résister au froid et j'ai été transporté ici, dans ton monde intérieur, à titre de conseiller puisque tu m'avais livré presque tous tes secrets.

Il pencha la tête, une patte sur sa poitrine en guise de révérence.

— Je me trouve vraiment dans mon monde intérieur ? Pourquoi est-ce que ma maison tombe en ruine ?

— Ce que tu vis dans ta réalité influence tout ce qui se passe ici. Par exemple, avant que l'homme-chat refasse son apparition, le soleil brillait toujours et ta maison était resplendissante. Pourtant, depuis quelque temps, nous avons droit à d'épouvantables orages et ta maison risque de s'écrouler sous le poids de cette verdure déchaînée.

Aurélie se frotta le menton et dit :

— Ce que je sais, c'est que l'homme-chat a une clef qui m'appartient et que pour la récupérer, il m'a dit que je devais lui rendre quelque chose qui lui était essentiel. Le problème, c'est que je ne vois absolument pas de quoi il s'agit…

— Si tu le veux bien, je serai ton guide durant cette quête. Pour commencer, à mon avis, il serait judicieux d'aller à la Grande Bibliothèque.

— Une bibliothèque?

— Eh oui! On y trouvera les archives de tes souvenirs et connaissances. Tout y est!

— Où est située cette bibliothèque?

— Dans cette direction, au-delà de la forêt et de la chaîne de montagnes pourpres, de l'autre côté de la rivière et au bout du désert!

— Dans ce cas, ne perdons pas de temps! Il faut que je termine ma quête en une seule nuit!

Gayoum sautilla jusqu'à l'étang et se tourna vers elle. Aurélie prit son sac dans ses mains et s'enfonça dans cette eau brune et visqueuse avec une grimace de dégoût.

— Ça ne te rappelle pas tous ces étés que tu as passés à jouer dans la boue de l'étang chez ta grand-mère? ironisa Gayoum, sautant adroitement d'un côté et de l'autre, sans mouiller ses pattes palmées.

Aurélie, qui avait de l'eau jusqu'à la taille, avançait péniblement, car ses pieds s'engluaient dans la vase. L'étang devenait de plus en plus profond. Elle paniqua lorsqu'elle sentit que le fluide poisseux l'engloutissait.

— Vite, Gayoum, je coule! Fais quelque chose! cria-t-elle, tenant son sac au-dessus de sa tête.

— Essaie de venir jusqu'ici, tu ne devrais pas t'enfoncer!

La jeune fille se mut lentement et tenta de le rejoindre, mais elle perdit pied et sombra un peu plus. Elle réussit à lancer son sac sur un îlot et, après s'être débattue quelques minutes, elle parvint à se hisser sur la terre ferme. Recouverte de boue de la tête aux pieds, elle se cacha le visage entre les mains.

— Je n'y arriverai jamais ! J'ai besoin d'aide, je ne me sens pas assez forte pour affronter ce qui s'en vient ! Et toi, pauvre Gayoum, tu n'es pas assez fort pour m'aider.

Gayoum baissa les yeux, désolé. Aurélie essuya ses larmes et regarda le ciel avec un soupir découragé.

— Mon Dieu, s'il te plaît, viens à mon secours !

En entendant un cri au loin, Aurélie se tourna vers Gayoum, interrogative. Celui-ci secoua la tête pour signifier qu'il ne connaissait pas la nature de ce son. Ils frémirent lorsqu'ils réalisèrent que le hurlement se rapprochait. D'instinct, Aurélie se roula en boule pour se protéger, et Gayoum se blottit contre elle. Une météorite gémissante s'enfonça avec un bruit sourd dans la vase, à deux pas d'eux. Relevant la tête, Aurélie aperçut un nuage de plumes blanches qui tombait du ciel en virevoltant.

Elle scruta la surface de l'eau et vit un être ailé couvert de boue. Aurélie recula de quelques pas, prenant Gayoum sur son épaule.

— Ça, c'est ce que j'appellerais une descente aux enfers! ricana le nouveau venu en s'ébrouant.

La prière d'Aurélie avait été exaucée: du secours lui avait été envoyé. Toutefois, il ne correspondait pas réellement à la conception qu'elle se faisait d'un être divin. C'était un homme dans la fleur de l'âge, avec des cheveux noirs en broussaille et une barbe naissante, portant des jeans coupés et effilochés. Il n'affichait pas un air doux et serein, mais paraissait sarcastique et désabusé. De plus, ses ailes étaient en piètre état.

— Êtes-vous un ange?

— Ouais. Mais il paraît que j'aurais intérêt à être plus obéissant si je veux le demeurer, lâcha-t-il en sortant un paquet de cigarettes et un briquet de sa poche.

Il en posa une entre ses lèvres, l'alluma et en tira une longue bouffée, l'air satisfait. Aurélie et Gayoum se regardèrent, abasourdis par cet être étrange.

— Un ange qui fume?

— Qui veut m'arrêter? Une fillette aux habits excentriques avec un crapaud sur l'épaule? se moqua l'ange.

Aurélie leva les yeux au ciel et s'écria:

— On aurait pu m'envoyer quelqu'un de plus sérieux! Quelle aide vais-je pouvoir tirer d'un ange déchu qui est en train de perdre ses ailes?…

— Le gars d'en haut m'a envoyé ici pour qu'elles repoussent. Il faut que je fasse une bonne action pour regagner mon ciel.

— Et tu as un nom ?

— Je ne peux pas le dire. Ce n'est pas ma faute s'ils sont trop coincés, là-haut !

— Dans ce cas, je vais te nommer Icare.

— Le nom d'un idiot désobéissant qui s'est brûlé les ailes et qui a plongé vers la mort ! Parfait ! rouspéta l'ange.

— C'est presque ça, non ? railla Aurélie, encouragée par le rire coassant de Gayoum.

Celui qui se nommait à présent Icare jeta son mégot avec irritation dans l'étang. Il explora l'îlot, les mains sur les hanches, et revint toiser la jeune fille de ses yeux noirs.

— Bon, on ne va pas passer la nuit à se regarder dans le blanc des yeux. Qu'est-ce qui ferait ton petit bonheur, mademoiselle ?

— Mon nom est Aurélie, et voici mon conseiller, Gayoum. Je dois retrouver un homme-chat qui est en possession d'une clef, mais avant tout il faut que je découvre ce qu'il veut en échange. J'espère trouver cette réponse à la Grande Bibliothèque.

— Sac à plumes ! Ça risque de ne pas être si

ennuyeux que ça, mon voyage, se réjouit-il en se frot-tant les mains. C'est où ça, la Grande Bibliothèque ?

— Après la forêt, les montagnes, la rivière, le désert... énuméra Gayoum.

— Waou ! Mes ailes ne supporteront pas une telle distance ! gémit-il.

Aux endroits où il n'y avait pas de trous, des plumes cassées pendaient lamentablement.

— Qu'est-ce que tu as bien pu faire pour te re-trouver dans un tel état ? s'exclama Aurélie.

— Disons que je suis un peu trop humain pour les règlements d'en haut...

— Es-tu au moins capable de franchir cette mare ? demanda Gayoum.

— Probablement. On va essayer !

Gayoum sauta dans le sac de toile d'Aurélie, et cette dernière s'agrippa au cou d'Icare.

— Prêts, pas prêts, j'y vais !

8

Les bestioles qui piaillaient autour de l'étang se turent au passage d'Icare qui planait joyeusement. Ils volaient à basse altitude, mais Aurélie doutait que l'ange puisse survoler la haute forêt qui se dressait, telle une forteresse, au bout des eaux. Icare se posa en un bruissement d'ailes froissées, et Aurélie bondit sur le sol.

— Je crois que, malgré tout, ton aide me sera très précieuse ! constata Aurélie en lui adressant un sourire radieux.

Il serra volontiers la main qu'elle lui tendait :

— Allons, il ne faut pas perdre trop de temps, car, c'est le cas de le dire, on n'est pas sortis du bois !

Gayoum sauta du sac de toile d'Aurélie avec un étrange cri aigu.

— Qu'est-ce que tu as là-dedans ? Il y a quelque chose qui grouille et qui m'a frôlé une patte ! s'écria-t-il, catastrophé.

Aurélie mit la main dans son sac, sur ce qu'elle croyait être sa lampe de poche ; le diamètre était le bon, mais la texture semblait étrange. Elle constata avec horreur que la lampe s'était transformée en une sorte de serpent cyclope dont l'œil fluorescent projetait de la lumière. Surprise, elle lâcha l'animal lorsque sa queue flageola. Icare le rattrapa avant qu'il ne s'échappe.

— Cette chose ridicule pourrait nous être utile ! dit-il en le saisissant.

— Alors c'était ça… C'est un reptilux. Il peut éclairer à des distances impressionnantes avec son œil unique. Si on le flatte, il s'endort et ferme son œil. Si on exerce une légère pression en le tenant, il se réveille, expliqua Gayoum.

— M. Chang m'avait avertie que les objets que j'apporterais avec moi risquaient de changer de forme.

Aurélie prit le reptilux des mains d'Icare pour s'avancer d'un pas décidé vers le bois obscur.

Dans cette forêt, tout était exagérément gros. Les arbres devaient bien mesurer cent cinquante mètres de haut et au moins cinq mètres de diamètre.

S'il était plutôt facile de se frayer un chemin entre les troncs géants, les feuilles de certains arbustes bloquaient le passage et descendaient en de lourds rideaux opaques. Des cris insolites parcouraient la verdure immense, et Aurélie frissonna en imaginant la faune qui se cachait dans ce dédale. L'épais tapis de mousse turquoise rendait leurs pas silencieux, ce qui avait au moins l'effet de camoufler leur présence aux oreilles des prédateurs. Ils contournèrent une souche vide et aboutirent à un large étang où s'abreuvaient des oiseaux au duvet iridescent. Les volatiles, intrigués, scrutèrent ces nouveaux intrus. Le plus volumineux d'entre eux poussa alors un cri d'alarme, et tous s'élancèrent en une envolée majestueuse.

— Pourquoi sont-ils partis ? Ils étaient plus gros que nous, murmura Aurélie fixant les hautes feuilles des arbres qui frémissaient sous les battements d'ailes des gallinacés.

— Pourtant, ils ne sont pas peureux, d'habitude. Ce doit être l'état pathétique des ailes d'Icare qui les a fait fuir, sourit la grenouille.

— Très drôle, marmonna Icare, agacé.

Au même moment, un animal effrayé renversa l'ange dans une course folle. Il courait à la vitesse de l'éclair, mais les trois aventuriers eurent le temps de voir qu'il s'agissait d'un lapin-lama bipède aux longues oreilles.

— Sac à plumes ! Qu'est-ce que c'est que cet endroit de fous ? s'écria l'ange en se relevant péniblement.

— Ne vous retournez pas, murmura Gayoum.

Aurélie pointa le reptilux dans la direction où elle venait d'entendre un grognement caverneux. Une énorme bête aux grosses pattes ornées de griffes les fixait de ses yeux rouges impitoyables. Son museau rappelait celui d'un rat et sa bouche était remplie de dents acérées. Une goutte de bave tomba de sa gueule ouverte et s'écrasa sur le sol. Frémissant de terreur, le petit groupe rebroussa chemin et se réfugia au creux de la souche vide, espérant que la bête ne se rendrait pas jusqu'à eux. Mais Icare était incapable d'y pénétrer.

— Pousse, pousse ! criait Aurélie.

— Ce sont mes ailes, elles ne passent pas !

Il s'agrippa à la ganse du sac d'Aurélie, et la jeune fille le tira avec vigueur. Le monstre arriva derrière Icare et, d'un coup de patte, le sortit de son abri. Entraîné avec une grande force, l'ange fut projeté contre un tronc d'arbre, le sac d'Aurélie entre les mains. Celle-ci hurla, voyant se dérouler la scène du fond du tunnel de bois humide. Gayoum poussa des coassements très bruyants pour attirer l'attention de la bête qui s'apprêtait à se délecter de l'homme ailé. Encore étourdi, Icare tentait de se relever malgré ses blessures. Ses cris n'ayant pas l'effet voulu, le crapaud tenta de distraire le monstre en sautillant autour de lui, mais l'animal ne lui adressa aucun regard. Comme le rat géant allait empoigner Icare entre ses griffes terribles, Aurélie prit son courage à deux mains et tira sur la fourrure zébrée de la bête de toutes ses forces, à tel point qu'elle roula à l'intérieur de la souche, une touffe de poils poivre et sel à la main. L'animal ne se retourna qu'un court instant, laissant échapper son souffle chaud au-dessus de son épaule. Cela donna le temps à Icare de bondir en déployant ce qui lui restait d'ailes. Il réussit à s'élever jusqu'aux branches d'un arbre. Là, il se crut hors d'atteinte, mais la chimère décida de gravir le tronc noueux à l'aide de ses longues griffes : elle ne laisserait certainement pas un tel festin s'échapper.

L'adolescente et le ouaouaron sortirent la tête de leur cachette.

— Je n'ai même pas de viande sur le corps ! hurla Icare, désespéré.

Tandis que le monstre grimpait, l'ange plongea la main dans le sac d'Aurélie qu'il portait autour de son cou. Il en sortit un couteau de chasse d'un étui de cuir. « Je vais devoir me débrouiller avec ça ! » pensa-t-il.

Comme par miracle, au moment où elle glissa hors de son enveloppe, la lame se métamorphosa. Aurélie et Gayoum virent alors un éclair de lumière verte illuminer la forêt. Icare cacha ses yeux du revers de sa main libre, et la bête, tout près de lui, cilla en poussant un grognement. L'ange sentit des tentacules chauds se ramifier le long de son avant-bras. Il vit ensuite un tourbillon scintillant donner naissance à une lame longue et affilée. Le prédateur lui enserra alors la cheville comme un étau. Icare leva la lame bien haut et, d'un coup, lui trancha la patte. Le rat poussa un hurlement déchirant et bascula vers le sol, plusieurs mètres plus bas. Sortis de leur abri, Aurélie et Gayoum suivaient avec difficulté les événements, car la noirceur envahissait la forêt. Entendant la bête tomber entre les branches, ils se réfugièrent de nouveau dans la souche. Aussitôt, le monstre se releva, secouant la tête pour se remettre de sa chute, et détala en claudiquant vers l'orée du bois.

Aurélie pointa le reptilux vers l'endroit où la bête était tombée et découvrit une flaque de sang violet. Icare se laissa alors planer jusqu'au pied de l'arbre et apparut dans le faisceau de lumière. Éclaboussé du sang du monstre, l'épée à la main, il ressemblait à un guerrier redoutable.

— Décidément, tu as plus d'un tour dans ton sac, ma chère Aurélie ! fit-il, souriant avec fierté.

Aurélie et Gayoum, hébétés par ce qui venait de se produire, quittèrent enfin la souche.

— C'était un caniraz ! D'habitude, presque rien ne vient à bout d'eux ! gueula le crapaud, hystérique, en sautillant.

— Icare, tu es blessé ! s'écria Aurélie, couvrant les gémissements de Gayoum.

L'ange remarqua alors que son bras était ensanglanté.

— Ça alors ! C'est la première fois que je saigne ! s'étonna-t-il en regardant le liquide écarlate.

Il en examina la texture du bout des doigts.

— Ce n'est pas bon signe, on dirait que je deviens de plus en plus humain, que je perds mes pouvoirs !

Il s'assit, abattu, et Aurélie se pencha pour prendre quelques pansements dans son sac.

— Heureusement, ça semble plutôt superficiel. Tu n'as pas perdu tous tes pouvoirs, car n'importe qui serait plus amoché que toi après avoir affronté ce caniraz. Va te laver dans l'étang, et ensuite je vais te soigner.

— Treize ans et déjà un brin mégère ! soupira Icare en s'enfonçant dans l'eau claire de la mare.

Quand il sortit de l'eau, Aurélie pansa les trois griffures. Icare examina ensuite l'épée pointue qui semblait taillée dans un roc dur. La poignée était décorée de lanières de cuir entrelacées et le pommeau était sculpté en forme de tête de sanglier. Des motifs végétaux ornaient un côté de la lame dentelée. L'étui aussi s'était transformé et prenait maintenant l'aspect d'une enveloppe de cuir et de bois rougeâtre. Aurélie prit l'épée et la souleva avec difficulté.

— Tu peux la garder. Tu la manies mieux que moi. Et tu l'as bien méritée ! dit-elle en la lui tendant.

Il porta à son épaule l'étui retenu par une courroie et y glissa la lame.

— Merci. Ne t'inquiète pas, elle ne sera pas loin si tu veux t'en servir, car je ne te quitterai pas d'une semelle !

Le soleil avait dû se coucher, car la noirceur avait envahi la forêt. De plus, leur unique source de lumière, le reptilux, commençait à faiblir.

Soudain, le sol se mit à trembler. Gayoum sauta dans les bras d'Aurélie et hurla pour couvrir le vacarme.

— Ce sont des crustobites ! Ils migrent chaque nuit vers les montagnes ! Il faudrait essayer de les suivre… ou de monter dessus !

Une véritable armée de cloportes géants croisèrent alors leur chemin. Ils avançaient au rythme d'une marche militaire. Gayoum se réfugia de nouveau dans le sac d'Aurélie. La jeune fille tenta de s'accrocher à une des carapaces, mais ses doigts glissèrent sur la coquille lisse et elle se retrouva sur le sol, manquant se faire piétiner par les insectes géants. Icare, de quelques battements d'ailes, la souleva et la plaça à califourchon sur un des crustobites, avant de monter sur un autre.

— On se croirait dans un rodéo! s'esclaffa l'ange, le bras en l'air, imitant un cow-boy.

— Oh non, le reptilux s'est endormi et il ne se réveille plus. Il doit manquer d'énergie, conclut Aurélie en essayant en vain de presser le corps de la bestiole.

— Dans ce cas, il faut rester penchés, car on risque de se faire fouetter par une branche d'arbuste, avertit Gayoum.

Dans l'obscurité quasi totale, il y eut un bruissement de feuilles. Icare cracha et jura.

— Tu aurais pu m'avertir plus tôt, espèce de batracien verruqueux!

Ils se laissèrent bercer un long moment par la cadence régulière des pas des crustobites. Aurélie, étendue sur le dos du crustacé, la joue collée sur la chitine de la carapace, réfléchissait à sa folle aventure. Ces créatures et personnages vivaient-ils vraiment dans son monde intérieur ?

— Gayoum ?

L'ouaouaron sortit la tête du sac.

— Est-ce que mon monde a toujours été aussi effrayant ?

— Non… Enfin, pas vraiment. Depuis que l'homme-chat est réapparu, c'est pire, car tu n'y retrouves plus la sécurité d'autrefois. C'est comme si ton monde ne t'appartenait plus.

— Toutes ces bêtes étranges et féroces, d'où viennent-elles ?

— Elles sont la somme de tes craintes et de tes phobies… Ce sont les vieux démons qui te hantent. Mais ces démons ont aussi la fonction de protéger ta maison, ton lieu secret.

— On a tous un monde comme celui-ci ?

— Bien sûr ! Aussi certain que nous avons tous un esprit… soupira le crapaud. Tu auras plus d'explications à la Grande Bibliothèque. Mes connaissances se limitent à ton monde seulement.

— Hé, les moussaillons ! Je crois qu'on arrive au bout de cet enfer de verdure ! s'écria l'ange, accoudé au dos de sa monture, cigarette au bec.

Le bois s'éclaircit et la montagne pourpre apparut entre les arbres, se dressant telle une façade dénudée et infranchissable.

— Encore une épreuve? Dis-moi, Gayoum, y a-t-il un terrain praticable par ici? maugréa Aurélie.

9

Dès qu'ils atteignirent l'orée du bois gigantesque, ils descendirent de leurs montures à la hâte, car plutôt que de se diriger vers le sommet de la montagne, les créatures avançaient dans la direction de grottes profondes qui perforaient les flancs vertigineux. Ils observèrent les crustobites s'éloigner dans un nuage de poussière.

— Tu es certain que ces grottes ne débouchent pas de l'autre côté de la chaîne de montagnes ? demanda Aurélie à Gayoum.

— Nous n'avons pas le temps de vérifier. Il paraît que c'est un vrai labyrinthe là-dedans! En plus, il y règne une noirceur abyssale! Au moins, en escaladant la montagne, nous sommes certains de ne pas nous perdre et de trouver notre chemin de l'autre côté, expliqua l'ouaouaron, toujours aussi prudent.

— Tu as pensé à comment nous pourrions y monter ? Les parois sont presque verticales ! vociféra Icare, exaspéré, en jetant sa cigarette au loin.

— Hé, arrête de polluer mon monde avec tes mégots ! gronda Aurélie. De toute façon, tu ne devrais pas fumer.

— Bon, la petite qui me fait la morale !

— Gayoum ! Dis-lui que ça ruine la santé !

— Je n'en sais pas grand-chose… Ma seule expérience avec la cigarette, c'est lorsque des gamins malcommodes faisaient fumer mes semblables à l'étang…

— Que leur arrivait-il ? questionna l'ange, curieux.

— Ils explosaient, répondit simplement Gayoum.

Icare s'étouffa en entendant la réponse. Aurélie fut satisfaite de sa réaction et lança un clin d'œil à Gayoum, n'ignorant pas qu'il s'agissait d'une légende urbaine.

— Bon, bon, bon ! Tiens, fais-en ce que tu veux ! Je vais attendre la fin de ma mission pour recommencer, tu me casses trop les ailes avec ça !

Aurélie prit le paquet à l'effigie d'une auréole ailée avec l'inscription «Mélange divin», puis le mit dans son sac à côté du reptilux endormi. L'ange s'envola ensuite sans un mot.

— Où va-t-il ? demanda Gayoum.

— Je ne sais pas. Il boude. Mais j'espère qu'il va se dépêcher de finir sa petite crise, car on n'a pas de temps à perdre ! grommela Aurélie, marchant dans la direction qu'avait prise Icare.

Au bout de quelques minutes d'un survol qui lui parut pénible, Icare redescendit vers ses compagnons.

— Tu as fini de faire du boudin ? plaisanta Aurélie.

— Je ne boudais pas… Je voulais simplement inspecter les alentours. Il y a une communauté de montagnards dans cette direction. Peut-être qu'ils pourraient nous aider. S'ils vivent là, ils doivent connaître un moyen pour traverser !

Cet étrange royaume vertical était construit à même les parois escarpées de la montagne. Un enchevêtrement d'escaliers, de balcons et de plateformes reliaient les façades de pierre bleue des maisons. Tout en haut de ce dédale perpendiculaire, une demeure imposante trônait fièrement ; ce devait être le palais du souverain.

Malgré la nuit tombée, l'activité de cette communauté demeurait incessante. Dans les rues étroites et bondées, les commerçants marchandaient avec enthousiasme entre eux tandis que de bons vivants calaient des litres de boissons dans divers pubs.

Ces intrigants personnages aux oreilles pointues cachaient, sous leurs bonnets coniques et leurs amples tuniques de coton, un corps athlétique doré et tatoué d'arabesques bleues. Ils observèrent les nouveaux arrivants avec curiosité, faisant des commentaires dans une langue chantante inconnue.

— Ces montagnards sont des Pershirs, informa Gayoum.

— Tu crois qu'ils peuvent nous aider ? demanda Aurélie.

— Nous le saurons assez vite, marmonna Icare.

L'ange, sceptique, garda la main sur son épée lorsqu'un aubergiste rondelet et souriant s'avança vers eux avec un mot de bienvenue. Gayoum, qui connaissait la langue, lui exposa ce qu'ils cherchaient. Le Pershir acquiesça gentiment et fit signe à deux gardes en armures de cuir qui veillaient sur les rues animées.

— Ils vont nous accompagner chez le roi Otodux, traduisit Gayoum, remarquant Icare prêt à dégainer son arme.

— Ils ont l'air sympathiques ! N'est-ce pas, Icare ? ironisa Aurélie.

— Je ne veux pas prendre de risques, grommela-t-il en remettant ses mains dans ses poches.

Les deux gardes les conduisirent dans le village en escalier vers une nacelle de bois activée par des chaînes et des engrenages. Cet ascenseur transportait les habitants aux différents niveaux du village.

— Je crois que j'ai plus confiance en mes ailes qu'en cette boîte fébrile ! dit l'ange lorsque la nacelle s'ébranla pour porter ses passagers vers le château.

Dans la nuit claire et tiède, des lanternes brillaient, éclairant les parois de ce royaume envahi par une végétation mauve luxuriante. Des vignes et des fleurs grimpaient un peu partout et égayaient les façades rocheuses. Imitant Icare, Aurélie s'accouda sur le bord de la cabine pour contempler le village grandiose et, un peu plus loin, la forêt d'arbres géants. Elle se retira vite, le visage dans les mains, prise d'un vertige.

— Qu'est-ce qu'il y a ? ce n'est même pas haut ! lança l'ange avec un sourire moqueur.

— On sait bien, toi avec tes ailes… maugréa Aurélie, ponctuant sa réponse d'un petit coup de poing à l'épaule d'Icare.

— On arrive ! coupa Gayoum.

Les gardes les précédèrent hors de la nacelle et les guidèrent vers l'entrée du palais. Une porte grillagée à motifs de végétaux s'ouvrit sur un magnifique jardin intérieur où la verdure était cultivée en une mosaïque audacieuse. Un Pershir corpulent aux habits scintillants se détacha de la fontaine centrale et vint les accueillir. Gayoum s'adressa à lui avec un accent assez évident et le Pershir rit de bon cœur avant de s'agenouiller devant Aurélie.

— *Too ragna !* s'exclama-t-il avec une révérence.

— C'est le roi pershir, Otodux ! souffla Gayoum à Aurélie qui s'empressa de faire une courbette. Icare s'exécuta à son tour.

Avec sa bonhomie naturelle, Otodux entraîna le petit groupe dans le château dont les nombreuses pièces avaient été taillées à même le roc friable de la montagne. Leur parcours se termina dans un grand salon garni de coussins et d'oreillers de toutes formes et couleurs. Là se prélassaient les hommes et femmes de la cour pershir, en buvant du thé à la menthe et en grignotant des fruits exotiques. Ils semblèrent ravis de voir de nouveaux visages se joindre à leur réunion hebdomadaire. Invités par Otodux, Aurélie et ses compagnons s'enfoncèrent dans les coussins moelleux.

— C'est presque aussi confortable qu'un nuage ! ricana l'ange en examinant un fruit en forme de cœur au doux parfum.

L'éclairage rouge et les intonations chantantes de la langue pershir rendaient presque irréelle cette rencontre. Gayoum sauta d'un coussin à l'autre, comme sur des nénuphars, pour enfin venir se percher sur l'épaule d'Aurélie.

— Pour ces gens, tu es la maîtresse de leur monde.

— Demande-leur s'ils n'ont pas des sherpas ou quelque chose pour nous aider à franchir cette maudite montagne ! pressa Icare.

À ce moment, une belle jeune femme maussade fit son entrée. Sa coiffe compliquée, ornée de billes de verre et de coquillages, dissimulait son visage. Un grand Pershir costaud au visage marqué par le temps se tenait à côté d'elle, l'air grave.

— Le roi Otodux te présente sa fille, Majira, ainsi que son chef de guerre et homme de confiance, Baref, traduisit Gayoum.

Baref s'inclina avec respect devant la jeune fille et murmura quelques paroles d'une voix rauque. Aurélie, embarrassée par tant de manières, rougit et inclina la tête. Majira s'agenouilla à son tour et retira son bonnet pour libérer sa longue chevelure noire et dévoiler son fin visage tatoué de trois stries sur chaque joue. Ses grands yeux, d'un marron profond, perdirent leur tristesse lorsqu'elle lui posa une question.

— Elle a dit : « Alors, ça existe vraiment une reine dans ce monde ? » interpréta Gayoum.

— Qu'est-ce qu'elle veut insinuer par là ?

Gayoum se contenta de secouer la tête. À ce moment, les yeux de la jeune Pershir croisèrent ceux d'Icare qui se tourna, gêné d'avoir trop longtemps fixé la belle. Malgré le regard noir que lui adressa Baref, Majira prit place à côté de l'ange. Elle lui posa plein de questions, dans son jargon incompréhensible, en faisant papilloter ses yeux expressifs.

— Qu'est-ce qu'elle chante ? chuchota Icare à Gayoum.

— Elle t'explique qu'elle n'a jamais vu personne de ta race et qu'elle te trouve fascinant. Tu n'as pas intérêt à la repousser si tu veux qu'Otodux nous aide, se moqua le crapaud.

Icare adressa un sourire embarrassé à Majira qui lui prit la main afin d'y interpréter avec intérêt les sillons qui la creusaient. Baref, assis un peu plus loin, les bras croisés, refusa d'un geste brusque le thé qu'on lui offrait.

— Tu adores me voir dans cette situation, hein ? reprocha Icare à Gayoum.

— Bien sûr que non ! ricana le crapaud.

Aurélie observait la scène avec amusement et

encouragea Gayoum à expliquer la raison de leur présence. Otodux hocha la tête et sourit à ses invités pour montrer qu'il comprenait leur empressement. Lorsqu'ils eurent fini le thé, le roi leur demanda de le suivre et les mena dans une alcôve, à l'arrière du château. Ils y découvrirent un mécanisme complexe de leviers et d'engrenages qui étaient reliés à un genre de toboggan sur rails. Toute la cour pershir se pressait avec curiosité à la porte pour voir ce qui se passait. Le chef donna des consignes à Gayoum et invita Aurélie à prendre place dans le mystérieux engin.

— Génial ! On se croirait dans les montagnes russes d'une foire ! s'exclama Aurélie en s'asseyant à l'avant.

— Il affirme que ceci est le moyen de transport des Pershirs pour gravir la montagne en cas d'urgence. Cela nous portera au sommet sans problème, raconta le crapaud en se glissant dans le sac d'Aurélie.

En levant sa main vers sa bouche, Icare fit signe au roi qu'il voulait quelque chose à boire. Otodux rit et donna un ordre à un de ses valets qui partit aussitôt. Ce dernier revint rapidement et glissa une flasque de métal doré dans la main de l'ange qui s'installa derrière Aurélie.

— C'est quoi ça ? demanda-t-elle avec une moue.

— Un petit remontant pour la route, déclara-t-il avec un sourire énigmatique.

Majira s'appuya sur le bord du toboggan et baragouina quelques phrases, implorant Icare du regard.

— Je ne comprends rien à ce que tu me dis, ma belle !

— Je crois qu'elle voit en toi son ticket pour sortir de ce royaume, expliqua Gayoum.

Du coin de l'œil, Majira observa son père qui surveillait les opérations de mise en marche sans regarder dans sa direction. Elle prit alors le talisman qui pendait à son cou et le remit à Icare. Elle referma sa main dans la sienne pour lui signifier que personne ne devait voir ce qu'elle venait de lui offrir.

Icare n'eut pas le temps de protester, car le toboggan s'ébranla aussitôt. Des chaînes puissantes tirèrent l'engin vers le sommet de la montagne. Les villageois les saluèrent avec de grands signes, et Majira se tint quelques minutes près du rail pour les regarder partir.

Icare ouvrit la main et regarda le pendentif formé de coquillages, de petites plumes et d'une pierre de verre au centre.

— C'est un porte-bonheur ? demanda-t-il.

— Non, c'est son talisman. Si elle te l'a donné,

c'est qu'elle a l'intention de le récupérer, conclut Gayoum. D'après ce que j'ai pu saisir, elle est promise à Baref qu'elle n'apprécie pas trop. C'est pour cette raison qu'elle veut s'enfuir.

— C'est donc pour ça que ce bouledogue la guettait constamment ! grogna l'ange.

— Elle était vraiment jolie ! Elle ne t'intéresse pas, Icare ? s'enquit Aurélie, intriguée.

— Elle est superbe et je lui aurais certainement fait la cour... Mais ce n'est pas de cette façon que je vais regagner mon ciel !

L'engin gravit la montagne d'un mouvement régulier, au rythme des cliquetis que produisaient les chaînes dans les engrenages. Sous l'œil clair de la pleine lune, les pics de glace majestueux s'étiraient du nord au sud. La verdure dense qui rampait partout sur le royaume pershir se fatiguait avec l'altitude pour laisser place à des arbustes rabougris. Aurélie, fascinée par le paysage dénudé et austère, pointa du doigt un couple d'étranges antilopes qui bondissaient avec assurance d'un rocher à l'autre.

Le toboggan fut alors secoué de quelques soubresauts en atteignant le sommet.

— Ceci doit signifier la fin du trajet, déduisit Icare, se préparant à descendre.

L'engin passa le sommet de la montagne tranquillement sans toutefois s'arrêter. De l'autre côté de la cime, ils furent confrontés à l'effrayante vision en plongée du bas de la montagne; moins à pic que de l'autre côté, les flancs se fondaient dans le sol comme des doigts dans le sable.

— Je croyais qu'on devait débarquer au sommet ! hurla Icare, paniqué.

Gayoum se terra au fond du sac.

— Accroche-toi ! cria Aurélie, hilare.

10

Un déclic, et la voiturette entama sa vertigineuse descente. Les patins du petit char frictionnaient les rails, produisant des gerbes d'étincelles. Le véhicule allait de plus en plus vite, serpentant entre les rochers et les vallons. Aurélie riait à gorge déployée, heureuse de cette balade. Icare, blême et les yeux exorbités, se contenta de se cramponner aux rebords du toboggan.

Au bas de la montagne, le petit bolide arrêta sa course au bout des rails. Aurélie sortit, hurlant de rire, et essoufflée par cette forte sensation.

— C'est fini? bafouilla Gayoum en dégageant sa tête du sac.

— C'était fantastique, n'est-ce pas?

Icare descendit à son tour.

— Entre ça et un coup de poing… J'ai dû perdre la moitié des plumes qui me restaient !

Il sortit le flacon offert par Otodux et but une rasade qu'il recracha aussitôt.

— Mais qu'est-ce que ce jus de bottines !

— Ça t'apprendra à vouloir t'enivrer au boulot ! ricana Aurélie.

— C'est de l'alcool de racines de toutes sortes, c'est très bon pour désinfecter les plaies… et le gosier ! s'amusa le crapaud.

Icare allait le jeter au bout de ses bras, mais se ravisa et le remit dans sa poche. Ça pouvait toujours leur être utile.

En marchant, ils aboutirent au bord d'une large rivière dont l'eau aux effluves sucrés avait une couleur d'émeraude. Sur le bord d'un vieux quai attendait un personnage vêtu d'une longue cape. Voyant qu'une embarcation était attachée non loin de là, Aurélie s'avança vers le sombre individu.

— Monsieur, nous aimerions traverser cette rivière, s'il vous plaît !

Une capuche cachait son visage et de petits tentacules ondulaient par l'ouverture. La voix de cet homme-pieuvre ressemblait au son de quelqu'un qui se gargarise. Aurélie, surprise, recula d'un pas et se tourna vers Gayoum.

— Qu'est-ce qu'il dit?

— Je crois qu'il faut payer un droit de passage...

— Mais nous n'avons pas d'argent!

L'homme-pieuvre émit encore quelques sons étranges.

— Dans ce cas, nous ne pouvons pas traverser.

Aurélie fouilla son sac et trouva le paquet de cigarettes d'Icare qu'elle remit à l'étrange personnage. Il le prit dans sa main, dont chaque doigt se terminait par une ventouse, et l'examina avec intérêt.

— Gayoum, raconte-lui que c'est un encens maléfique qui donne la toux...

Se retenant pour ne pas rire, le crapaud traduisit la phrase. L'homme-pieuvre hésita un instant et leur fit signe qu'il allait les transporter.

— Hé! Pourquoi tu lui as donné mes cigarettes? se plaignit Icare.

— Je savais bien que ce beau paquet doré allait l'impressionner!

Ils s'assirent dans le canot, dont le fond paraissait étrangement bombé. L'homme-pieuvre embarqua à son tour et suspendit une lanterne à l'avant du bateau. Des lanières de cuir reposaient sur son banc; il les prit et tira dessus. L'embarcation se mit à avancer, doucement au début, puis plus rapidement. Aurélie se pencha sur la poupe du bateau pour voir de longues nageoires flageller la surface de l'eau. Elle comprit alors qu'ils étaient sur le dos d'un énorme poisson guidé par l'homme-pieuvre.

Le vent frisquet, qui balayait la surface du fleuve, hissa un voile de brouillard nocturne.

Après quelques minutes, ils commencèrent à deviner les contours de la rive opposée, mais une lueur retint leur attention. À mesure qu'ils approchaient, ils distinguaient la lumière de plusieurs lanternes qui nimbaient la silhouette d'une dizaine de cavaliers.

— Qui sont-ils ? Ils semblent nous attendre, murmura Aurélie.

— Ceci augure mal, très mal ! souffla Gayoum d'un air découragé.

Ils pouvaient voir à présent les cavaliers aux visages de rongeurs montés sur des chevaux mécaniques qui laissaient échapper des nuages d'écume par leurs naseaux. L'homme-pieuvre, conscient de la panique qui animait ses passagers, stoppa la progression de la barque en tirant fort sur les brides. Le poisson s'arrêta presque instantanément et releva la tête, ce qui eut pour effet d'incliner l'embarcation. Aurélie, Gayoum et Icare furent projetés à l'arrière. Le bateau reprit sa position et ils constatèrent que ces cavaliers obscurs les guettaient comme le font les prédateurs avec leurs proies.

— Que fait-on maintenant ? demanda Aurélie, la gorge serrée.

— Icare, tu peux voler afin qu'on se rende un peu plus loin sur la rive ? proposa l'ouaouaron.

— Je veux bien essayer !

Aurélie s'agrippa au cou d'Icare pendant que Gayoum se cachait dans le sac. L'ange déploya ses ailes et, d'un bond, s'envola de la barque, sous l'air surpris de l'homme-pieuvre. Ce dernier paraissait content de ne pas devoir affronter les mystérieux cavaliers et, d'un geste brusque, fit demi-tour, puis regagna la rive des Pershirs.

Les cavaliers lancèrent un cri de ralliement en voyant leurs proies s'éloigner en aval de la rivière. Avec le crissement et le hennissement de leurs montures, ils galopèrent dans leur direction sans toutefois réussir à les rattraper.

Aurélie constata avec horreur que les ailes d'Icare perdaient encore des plumes. Des rigoles de sueur perlaient aux tempes de l'ange tandis qu'il essayait de garder l'équilibre. Des lueurs proches l'encourageaient à continuer malgré la douleur qui lui tenaillait le dos. Peut-être trouveraient-ils bientôt de l'aide.

Une autre plume s'envola et Icare perdit le contrôle. Avec un grand cri, il relâcha Aurélie au-dessus
du fleuve et alla s'écraser un peu plus loin. La jeune fille
parvint à maintenir sa tête hors de l'eau malgré le fort
courant.

— Garde ton sac à la surface de l'eau sinon ton
reptilux va se noyer! cria Gayoum, nageant avec ai-
sance dans les flots mouvementés.

— Où est Icare? demanda Aurélie, suivant les
consignes du crapaud.

Elle lui confia son sac, qu'il prit dans sa gueule,
et partit à la recherche de l'ange. Il n'y avait aucun
signe de lui, à part des plumes qui flottaient çà et là.
Elle nagea un peu, transportée par le courant, et vit un
gros remous. Elle plongea dans cette direction et distingua la silhouette ailée entraînée vers le fond.

Lorsqu'elle rejoignit enfin Icare, elle commençait
à manquer d'air. Elle le tira par l'épaule pour le ramener vers le haut. Heureusement, il n'était pas lourd
car, comme les oiseaux, il avait les os creux. À mi-
chemin, Aurélie constata qu'une grande algue s'était
enroulée autour de la cheville d'Icare. Paniquée, elle
regarda la surface trouble. Il lui restait peu de temps.
Elle saisit l'épée d'Icare et, d'un grand mouvement de
balancier, coupa l'algue qui déchargea un sang

bleuâtre. Aurélie entendit alors un cri, suivi de grosses bulles, et comprit qu'il s'agissait d'une créature sous-marine. Elle détala et regagna la rive sans prendre conscience de l'effort considérable qu'elle y mettait. Ce n'est qu'échouée sur le sable qu'elle put enfin reprendre son souffle. Elle se tourna vers Icare qui ne semblait pas respirer.

— Icare ! Icare ! Réponds-moi !

Il ouvrit de grands yeux ébahis, puis fut pris d'une grosse quinte de toux. Il recracha plusieurs fois l'eau sucrée avant de s'étendre de nouveau, à bout de souffle. Aurélie poussa un soupir de soulagement ; il était sauf.

— Hé ! Vous êtes vivants ? cria Gayoum qui sautillait vers eux en traînant le sac derrière lui.

— Oui, de justesse, murmura Aurélie, tenant encore l'épée entre ses mains.

— Les cavaliers ne tarderont pas à arriver, alors il faut vite trouver de l'aide ! hurla Gayoum.

— Icare, ça va ? Tu peux marcher ?

L'ange hocha la tête et se releva péniblement, car une de ses ailes s'était brisée. Aurélie et Gayoum ne firent aucun commentaire tandis qu'ils commençaient à se déplacer vers les campements qui se dessinaient au loin.

Ces tentes rouges appartenaient à des nomades qui parcouraient le désert à bord de grandes raies volantes appelées rajikums. Aurélie, Gayoum et Icare se dirigeaient vers eux, afin d'y négocier la location d'une de ces bêtes, lorsqu'ils entendirent les hennissements et les galops des chevaux.

— Déjà ? Qu'est-ce qu'on fait ? pressa Aurélie, voyant un nomade à peau rouge s'avancer vers eux d'un air intrigué.

— Pas le temps de traiter avec lui, il faut partir ! s'écria Icare, montant à califourchon sur un rajikum.

Aurélie et Gayoum l'imitèrent. Icare prit les brides et donna de petits coups de talons aux flancs de la bête pour qu'elle avance. La monture resta cependant immobile et poussa une plainte.

Les cavaliers gagnaient du terrain et le nomade accourait vers eux, balançant son poing dans les airs.

— Tu sais comment faire bouger ces bestioles, Gayoum ?

— Non, celles-ci ne me sont pas familières.

Aurélie, impatiente, donna une claque retentissante sur le derrière de la bête qui gémit avant de se laisser glisser du petit monticule de sable où elle était postée. Avec quelques battements de ses larges ailes écailleuses, elle s'élança haut dans le ciel. Les cavaliers sombres arrêtèrent leur course en apercevant, penauds, le rajikum s'élever vers les étoiles. Celui qui semblait être leur chef descendit de son cheval métallique en donnant des coups de pieds rageurs dans le sable. Un groupe de nomades s'était massé autour de leurs montures pour empêcher les nouveaux arrivants de voler d'autres rajikums.

Aurélie et ses amis rigolèrent en observant la scène. Icare, malgré la douleur de son aile brisée, tenait bon aux commandes de la bête volante.

— Qui étaient-ils ? demanda Aurélie en regardant en arrière.

— Je ne sais pas, mais j'ai le pressentiment qu'ils ne nous veulent pas du bien, soupira Gayoum.

— Où va-t-on maintenant ? interrogea l'ange.

— Destination : la Grande Bibliothèque ! s'écria glorieusement Gayoum.

11

Aurélie tenait un long pansement dans les airs, tel un drapeau, pour qu'il sèche plus vite. Tout le contenu de son sac était détrempé mais, au moins, le reptilux était encore en vie. Le rajikum planait doucement dans les cieux, laissant défiler sous lui des kilomètres de sable orangé.

Lorsque le tissu fut sec, Aurélie essaya de tirer l'alcool de racines des poches d'Icare.

— Hé, laisse-moi ma flasque de jus de poteau ! Je souffre déjà assez comme ça !

— Ton aile saigne, il faut la désinfecter ! Je vais t'en laisser un peu.

Elle réussit à lui faire un bandage de fortune.

— Tu devrais te ménager, tu commences à avoir l'air d'une momie !

— Hé, regardez ! C'est la Grande Bibliothèque ! s'exclama le crapaud, surexcité.

La Grande Bibliothèque était immense et brillait dans la nuit telle une améthyste. Son architecture organique lui conférait l'air d'un monstre endormi. Des dômes lumineux, composés de vitres colorées, ornaient son toit qui semblait transpercé de vertèbres en pointe. Les trois passagers du rajikum étaient éblouis tandis que la bête volante se dirigeait vers les larges portes. Le sable avait fait place à une verdure parsemée de petits buissons fournis. Alors qu'ils atteignaient le sol, l'étrange raie rampa vers ces arbustes et se goinfra de leurs feuilles grasses.

Un chemin de galets menait aux portes démesurées qui laissaient filtrer de la lumière. De chacune d'elles jaillissait une imposante tête de sanglier. L'une tenait dans sa gueule un cristal convexe et l'autre arborait un anneau d'argent qui lui pendait du groin. Aurélie prit le lourd anneau et heurta la porte. Un visage trouble apparut dans la pierre bombée.

— Qui ose déranger mon travail ?

L'adolescente regarda ses compagnons d'un air incertain et se posta devant cette figure dont les traits indéfinis n'étaient pas humains.

— C'est moi, Aurélie Durocher.

Le personnage parut surpris de sa réponse.

— Hum ! Dans ce cas, pour me prouver que ton identité est vraie, je vais te poser quelques questions. Quel est ton mets préféré ?

— Les sushis !

— C'est trop facile… Quel surnom ton père te donnait-il lorsque tu étais petite, et pour quelle raison ?

Cette question surprit Aurélie qui, se remémorant son père, sentit sa poitrine se serrer. Elle toussota et répondit d'une voix enrouée :

— Rallye. Car j'aimais les balades en voiture et les montagnes russes.

L'inquisiteur marqua une pause tandis que les yeux de la jeune fille s'embuèrent. Icare s'impatienta.

— Sac à plumes ! Tu peux lui demander n'importe quoi ! De la marque de céréales qu'elle mange le matin à la réponse au problème de maths qu'elle a raté au dernier examen, en passant par la couleur du nounours avec qui elle dort… C'est elle ! Arrête de nous faire suer, espèce de pseudo sphinx !

Aurélie et Gayoum restèrent bouche bée devant ce discours excédé.

Les deux portes s'ouvrirent enfin avec un lourd grincement. Aux sinistres visages de sangliers succéda un hall si lumineux qu'on en mesurait l'étendue avec difficulté. Cette clarté verdâtre provenait d'impressionnants lustres suspendus à des troncs d'arbres noueux trempés dans de l'or. Chaque branche des candélabres se terminait par une fleur de cristal où dansaient des lucioles. Étrangement, des feuilles cuivrées jonchaient le sol et Aurélie se demanda si elles étaient tombées de ces extraordinaires chandeliers. Un être singulier, au corps de limace, s'avança vers eux. L'adolescente reconnut celui qui se cachait dans le cristal de la porte ; il avait un long museau et son corps était couvert d'écailles. Ce personnage mi-lézard, mi-limace portait de sévères lunettes rondes ainsi qu'une chemise et un débardeur dignes des bibliothécaires les plus traditionnels. Dès qu'il reconnut la jeune fille, il lui adressa un charmant sourire de crocodile.

— Mais c'est vraiment vous, mademoiselle Aurélie ! s'enthousiasma-t-il en lui serrant la main avec vigueur.

Visiblement intimidée par l'archiviste bizarre, elle se demanda pourquoi il lui était si familier.

Bien sûr ! C'était le dinosaure qu'elle avait dessiné en classe de sciences naturelles et dont Annabelle s'était moquée, disant qu'il avait un corps trop volumineux. Aurélie, alors âgée de six ans, avait eu pitié du personnage maladroitement dessiné et l'avait affiché dans sa chambre. Elle lui inventait des histoires, croyant qu'il vivait dans un monde où il était très puissant. Et voilà qu'à présent il gérait tous les souvenirs et toutes les connaissances qu'elle possédait.

— Aldroth ! s'exclama-t-elle, reconnaissant le premier personnage qu'elle ait jamais inventé.

Elle l'étreignit, émue de voir que le dinosaure handicapé ne s'en était pas trop mal sorti.

L'archiviste fit une révérence à Gayoum, puis se tourna vers Icare.

— Et vous devez être l'A… euh… Icare, l'ange rebelle. Je vois que vous avez acquis la Volonté.

— La Volonté ?

— Bien sûr ! Sachez que l'épée que vous portez dans votre dos se nomme ainsi. Elle fonctionne avec la volonté de son utilisateur.

Icare sortit l'épée de son étui et la tint devant lui pour en examiner le détail. La pierre grise de la lame brillait toujours de cette lueur émeraude qui lui était caractéristique.

— Quand Icare combattait le caniraz, il avait assez de volonté pour que mon petit couteau de chasse se transforme en épée ? demanda Aurélie.

— Malgré tous mes vilains défauts, il me reste au moins la volonté, sourit l'homme ailé.

— Ne vous réjouissez pas trop vite, car je crois que celle-ci commence à s'estomper, s'inquiéta Aldroth en pointant les ailes amochées d'Icare.

Passant du coq à l'âne, le reptile les entraîna plus loin, vers la bibliothèque, avec un geste grandiose et un sourire mystérieux.

— Bienvenue chez vous, Aurélie…

L'adolescente remarqua alors les énormes étalages de documents entassés sur de grandes étagères de bois sculpté qui partaient du plancher et rejoignaient le plafond. Des mantes religieuses, aux larges lunettes pointues, s'affairaient, en silence, à placer et déplacer les papiers. Aurélie, Icare et Gayoum, ce dernier juché sur l'épaule de l'ange, observaient avec émerveillement cette pièce tandis qu'Aldroth les guidait dans ce labyrinthe.

— À mesure que nous avançons vers le fond, tes souvenirs sont plus récents, expliqua-t-il.

Dans les allées s'entassaient aussi plusieurs objets qu'elle avait perdus ou donnés, mais qui avaient eu une signification particulière dans sa vie. Dans la troisième rangée, elle découvrit son tricycle rouge sur lequel elle avait posé des autocollants scintillants. Dans la cinquième, son premier pupitre d'école où elle avait gravé le nom de son amoureux secret. Il y avait aussi un de ses oursons en peluche préférés qui était mort à la suite d'un incendie dans la sécheuse. Elle revivait tant de souvenirs dans ce méli-mélo d'objets familiers qu'elle essuya une petite larme au coin de son œil. C'était, évidemment, les objets auxquels elle associait son père qui l'émouvaient le plus.

— Qu'est-ce qui peut bien être écrit dans tous ces documents ? demanda-t-elle.

— Tes souvenirs. Les événements et les détails qui ont marqué ton existence. Des gens aux lieux, en passant par l'ambiance des pièces dans lesquelles tu t'es promenée. Tout y est.

Aurélie prit un des documents entassés, en feuilleta les pages soyeuses et y lut :

C'est Zachary qui a brisé la vitre ! Mais si je le dis à maman, elle va le chicaner et peut-être me défendre de jouer avec lui en disant qu'il a une mauvaise influence sur moi. Et elle me regarde si intensément. Qu'est-ce que je réponds ? Elle attend. Et quelle sera ma punition si je dis que c'est moi ? Oh, comment je fais pour toujours être dans des situations pareilles ? Regarde ailleurs… Peut-être qu'elle aura pitié de moi. Baisse les yeux. Joue avec la croûte de ta tartine au beurre d'arachide. Je crois que maman commence à ramollir, elle n'a encore rien dit...

— Aurélie, arrête de jouer avec ta nourriture et réponds-moi !

Aurélie déposa le cahier sur la tablette et une des mantes religieuses bibliothécaires s'empressa de venir le replacer. La jeune fille était étonnée. C'était comme un voyage dans le passé.

Icare prit un autre document malgré les protestations de Gayoum, perché sur son épaule. Il ouvrit une page au hasard.

Pourquoi le directeur m'a fait venir dans son bureau à cette heure ? Je n'ai rien fait de mal... Et pourquoi il a cette tête ? Il est presque trop gentil. Il semble très nerveux. Il n'arrête pas de se frotter les mains ou de nettoyer ses lunettes. Il déplace ses piles de papiers du bureau au classeur. C'est tellement à l'envers ici, c'est pire que ma chambre.

— Tu veux ton berlingot de lait, Aurélie ?

— Non, merci, monsieur le directeur.

Ça fait quatre fois qu'il me le demande. On ne prend le lait qu'à deux heures, d'habitude. Pourquoi il fait un spécial pour moi ? Il n'est que onze heures. De toute façon, je n'aime pas les berlingots. Ils sentent mau-

vais. Tiens, quelqu'un ouvre la porte. Maman? Elle pleure. Qu'y a-t-il? Je ne comprends pas. J'ai peur. Mon cœur bat fort.

— Qu'est-ce qu'il y a, maman?

— Ma petite…

Elle a la voix enrouée. Elle n'arrête pas de sangloter. Elle me serre trop fort, mais ça ne me dérange pas. Je ne veux pas qu'elle pleure. Je n'aime pas quand elle pleure. C'est toujours grave.

— Ton papa… il… il… a eu… un accident de voiture…

NON! NON! NON! NON!

— Oh!

Icare referma la page et se tourna vers Gayoum qui était bouleversé et triste. Ce dernier était déjà conseiller au moment où le père d'Aurélie avait perdu la vie et se souvenait de la tempête épouvantable qui avait suivi. Le monde d'Aurélie avait été viré sens dessus dessous lorsque le chagrin s'était abattu sur elle. Mais, comme le temps arrange toutes choses, le soleil était finalement revenu.

Icare tendit les feuilles à une mante religieuse et observa Aurélie à la dérobée.

— Pauvre petite… Mes problèmes de discipline

et d'oisiveté semblent bien insignifiants à côté de ça.

Au fond des treize allées, une araignée géante tissait les feuilles à mesure que les événements se déroulaient dans la vie d'Aurélie. Telle une toile étroitement tricotée, les papiers de soie sortaient de ses mandibules. Des mantes religieuses à l'air sévère se précipitaient aussitôt sur les documents pour les placer dans les derniers rayons. Derrière l'arachnide, un mur opaque cachait les futurs rayons. Aurélie ne pouvait les voir, car cela lui aurait révélé combien de temps il lui restait à vivre…

— Et alors, je suis venue ici pour obtenir des réponses, lança-t-elle en direction d'Aldroth. Quelle est cette clef que l'homme-chat me réclame, et que me demande-t-il en retour ?

Aldroth disparut dans les rangées et revint peu après, un document à la main.

— Tu te rappelles ceci ?

Il me suit encore ! Le grenier. C'est mon dernier espoir. Papa a laissé la trappe ouverte. Cours ! Cours ! Je ne cours pas assez vite. Il fait noir. L'escalier craque. Vite ! Referme la trappe ou il pourra monter. C'est lourd ! Je n'ai pas assez de force. Aïe, mon doigt ! Ça ne ferme pas ! Oh non ! Je vois ses yeux en bas de l'escalier ! Il est

trop tard. Il me rattrape. Regarde autour. Quelque chose
qui blesse. Un soufflet à foyer. Non. Les coffres! Que
contiennent-ils? Du linge. La lance du déguisement de
papa. C'est pointu. Il arrive! Affronte-le!

Qu'il est gros! J'ai peur. Il respire fort comme une
bête féroce. Il m'observe. Il ne fait toujours rien. Profites-
en. La lance s'enfonce dans son œil trop facilement. Il
hurle. Il tient son œil avec sa patte et le sang gicle. Je
suis figée. Il hurle toujours. Il tend son autre patte en
avant. Il va m'étrangler. J'étouffe. Papa! J'entends papa
m'appeler. Je l'ai réveillé. L'homme-chat se retourne. Il
me tient toujours par le cou. Il pourrait le briser sans pro-
blème. Il me lâche et je tombe par terre. Aïe, ma hanche.
Sa patte se pose alors sur la clef que je porte au cou. La
clef de la maison. Il tire brusquement. Il prend la clef et
disparaît dans un nuage de fumée. Papa monte les esca-
liers, mais une voix résonne encore: «Tu ne connaîtras
jamais plus la paix, sorcière!»

— Aurélie! Qu'est-ce que tu fais dans le grenier
à hurler en pleine nuit!

L'adolescente porta la main à son front.

— Je m'en souviens! Il n'y avait pas si longtemps
que l'homme-chat était apparu dans mes cauchemars
à ce moment… J'avais environ sept ans. Il m'avait pris

la clef de la maison que je portais toujours à mon cou. Maman m'avait grondée, car elle croyait que je l'avais perdue.

— Eh bien, voilà ta réponse, Aurélie ! L'homme-chat a la clef de ta maison, ton point d'attache. Auparavant, il ne pouvait hanter que tes cauchemars, mais depuis qu'il la possède il s'infiltre dans ta réalité tant qu'il le veut. Voilà pourquoi tu n'es pas en paix. Tu ne le seras jamais tant qu'il aura cette clef !

Aurélie l'observa, bouche bée, frappée par la logique de l'explication d'Aldroth.

— Que veut-il en échange, dans ce cas ?

— Lis plus loin…

— Aurélie, ce n'est pas si grave si tu as perdu ta clef. Ces choses-là arrivent. La prochaine fois, tu feras plus attention. Regarde ce que j'ai trouvé en balayant dans le grenier…

Papa me tend une grosse pierre couleur d'ambre iridescent avec une strie plus pâle traversant le centre. Je la prends dans ma main. Elle est froide. Elle est un peu plus petite qu'un œuf. J'essuie mes yeux et mon nez du revers de mon autre main.

— C'est un œil-de-chat. Ça devait appartenir à l'ancien propriétaire de la maison. Lui, il a dû se mordre

les doigts en découvrant qu'il avait perdu une si belle pierre. C'est bien pire qu'une vieille clef, non ? dit papa avec un petit rire réconfortant.

— Alors, c'est son œil ? C'est l'œil de l'homme-chat ? Il veut récupérer son œil ?

Aldroth hocha la tête.

— Mais pourquoi me répète-t-il que je suis une sorcière et que c'est moi qui le hante ? C'est lui qui est venu déranger mon monde, non ?

Aldroth la prit par le bras et l'entraîna dans un des escaliers en colimaçon qui donnaient accès au toit. Icare et Gayoum leur emboîtèrent le pas.

— Il est temps que je t'explique certaines choses…

La large coupole de verre leur permettait d'avoir une vue impressionnante sur les environs. Dans un coin, un grand télescope servait à observer au loin. Aurélie découvrit alors que ce monde dans lequel ils évoluaient était, en fait, une île. Tout autour s'étendait un océan. À l'horizon, elle pouvait distinguer d'autres petites îles aux formes différentes.

— Comme tu le constates, Aurélie, ton monde est une île. Tous les gens ont une île qui constitue leur monde intérieur. Chacune d'elles est différente des autres et reflète la personnalité et les expériences de son propriétaire.

— Est-ce qu'on peut voyager d'une île à l'autre ?

— Oui, certains en sont capables. Lorsqu'une personne va explorer l'île de quelqu'un d'autre, en se réveillant, les deux personnes se rendent compte qu'elles ont fait le même rêve…

Aurélie était complètement abasourdie par ce qu'elle apprenait.

— Pourtant, si les îles de chacun sont éloignées, pour une raison encore inconnue, celle de l'homme-chat est collée à la tienne. Depuis un moment, il n'y a même plus d'eau qui les sépare.

— Je croyais que ces îles n'appartenaient qu'à des humains…

— L'homme-chat habite bel et bien la Terre. Mais dans un monde parallèle.

— Cela est trop compliqué ! grogna Aurélie en se prenant la tête à deux mains.

Icare se détourna de la vitre.

— Qui étaient ces rats aux chevaux métalliques qui nous pourchassaient dans le désert ?

— Des rats ? Ici, dans l'île d'Aurélie ? dit Aldroth en se frottant le museau. Ils ne peuvent être que des pirates.

— Qu'est-ce que des pirates peuvent bien faire dans des mondes imaginaires ? Ils voguent sur les océans et volent à certains pour vendre à d'autres ? demanda l'ange.

— C'est à peu près ça. D'habitude, ils s'attaquent aux grandes bibliothèques, mais je n'ai eu aucune visite jusqu'à aujourd'hui…

— J'ai justement entendu une rumeur qui disait que certains habitants de l'île avaient des problèmes avec les pirates ces temps-ci, commenta Gayoum.

— Revenons à l'île de l'homme-chat ! s'impatienta Aurélie. Où est-elle située ? Peut-être que nous allons trouver ce que nous cherchons à cet endroit.

Aldroth indiqua une direction où on distinguait de hautes montagnes enneigées et pointues, coiffées de gros cumulus rouges. Aux abords de ce terrain accidenté, une énorme tranchée sillonnait la frontière commune aux deux îles.

— On dirait que quelqu'un a retiré l'eau entre les deux îles, constata Gayoum.

Aurélie prit le télescope et observa l'île opposée. Près de la tranchée, il y avait un petit village bordé d'une enceinte de pierre.

— Je suggère que nous nous rendions dans ce village pour commencer. À mesure que nous avançons, nous obtenons des réponses !

Aurélie serra l'archiviste dans ses bras.

— Merci, Aldroth. Tes réponses nous ont éclairés.

— J'espère que tu parviendras avec succès à la fin de ta quête, Aurélie.

La porte de la Grande Bibliothèque se referma avec un bruit sourd qui résonna au loin. Sur le dos du rajikum repu, les trois compagnons se dirigèrent alors vers l'île de l'homme-chat.

1 2

Le rajikum refusa de dépasser la bordure du désert puisque sa constitution ne lui permettait pas d'atterrir sur autre chose que sur du sable. Il se posa donc en douceur le plus près possible du village.

Tandis qu'Aurélie, Gayoum et Icare progressaient vers les hauts murs de pierre qui entouraient le hameau, le rajikum recommença à se gaver de petits arbustes piquants.

Aurélie remarqua que, sur l'enceinte, des gardes armés allaient et venaient, guettant les moindres mouvements dans le désert de roches. Deux d'entre eux s'arrêtèrent au-dessus de la porte d'entrée pour surveiller les nouveaux arrivants. Ils portaient des armures de métal noir et mat ornées de pointes.

— Cet endroit me donne la chair de poule,

souffla Aurélie, alors qu'ils parvenaient aux hautes portes de bois.

— Laisse-moi faire, je m'en occupe ! répondit Icare avec une confiance qui sonnait faux.

— Hé ! Qui va là ? lança un des sinistres gardes.

Les portes s'entrouvrirent pour laisser passer un autre colosse à la carapace métallique. Si Icare était grand, ce garde le dépassait bien de deux têtes. Son visage était dissimulé derrière un masque grillagé, aux mandibules acérées, qui lui donnait des allures monstrueuses.

— Qu'est-ce que vous voulez ?

L'homme ailé releva fièrement le menton pour lui tenir tête.

— Nous venons nous désaltérer et nous ressourcer.

Icare n'eut pour seule réponse que des arbalètes pointées sur lui. Il serra la mâchoire et soutint le regard de braise du garde devant lui.

— Ne gaspillez pas vos armes… Ce n'est qu'un ange amoché et une petite fille avec son crapaud, ricana-t-il.

Le garde tendit son énorme paume et repoussa Icare.

— Vous n'avez rien à faire ici. Partez !

Icare bouillait de rage et allait dégainer son épée, mais Aurélie le retint, non sans difficulté.

— Calme-toi ! Tu ne veux pas t'attirer la furie de ces personnages ! murmura-t-elle.

— Pouvez-vous nous expliquer, monsieur le garde, pourquoi la reine de l'île se fait interdire l'accès à ce hameau ? interrogea Gayoum, craintivement.

Le grand garde détailla l'adolescente des pieds à la tête.

— Vous êtes mademoiselle Aurélie ?

— Euh… oui.

Le garde se prosterna à ses pieds.

— Tout l'honneur est pour moi… Je suis désolé de ne pas vous avoir reconnue sur-le-champ, bredouilla-t-il.

Les sentinelles qui erraient sur les murs s'arrêtèrent pour s'agenouiller à leur tour avec révérence. Le garde, devant elle, se releva, gardant la tête baissée, et ouvrit la grande porte de bois. Aurélie se retrouva dans un petit village, qui semblait chaleureux au premier abord. Icare entra en tirant la langue au garde penaud.

— Icare ! gronda la jeune fille.

— Quoi ? J'ai bien le droit de m'amuser à mon tour, hein, vieux ? ricana-t-il en ponctuant sa phrase d'un petit coup de poing sur le thorax métallique du garde.

Tandis qu'il passait la porte d'entrée, l'homme ailé se frotta les mains avec délice.

— Bon, j'ai soif!

— Comment ça, soif? Nous ne sommes pas censés continuer notre enquête?

— Il n'y a pas un meilleur endroit pour recueillir des informations qu'à l'auberge d'un village! assura l'ange avec un sourire effronté.

— Il a raison, appuya Gayoum, résigné.

— Hum! soupira Aurélie, sceptique, en suivant Icare.

La noirceur semblait avoir chassé les villageois dans leurs demeures. La majorité des maisonnettes étaient endormies et l'endroit le plus animé semblait effectivement être l'auberge du village, qui s'appelait Le vieux loup de mer. Icare allait pousser la porte quand la jeune fille le retint.

— Attends un peu… Je ne suis jamais entrée dans un endroit comme celui-ci!

— Qu'est-ce qu'il y a? Je ne crois pas qu'il y ait de restriction d'âge dans ton monde imaginaire, Aurélie.

— Cette taverne ne me dit rien qui vaille,

conclut-elle en croisant les bras pour se protéger.

— Relaxe ! Tu es la reine, ici ! Tu n'as rien à craindre. Reste près de moi et ça ira comme sur des roulettes.

— Pourquoi ai-je de la difficulté à croire ça ? murmura Gayoum à Aurélie qui passa le seuil d'un pas hésitant.

Une lumière jaune, tamisée par la fumée, les engloutit. La salle, aux murs de pierre sales, était pleine à craquer de personnages plus effrayants les uns que les autres. L'adolescente avait peine à croire que ce village emmuré se trouvait dans son monde à elle. Si tout le reste lui avait semblé familier, ceci lui était complètement inconnu et lui paraissait diablement inquiétant.

Plus à l'aise dans cette taverne qu'un poisson dans l'eau, Icare prit place à une des grosses tables de bois crasseuses sans se préoccuper des sombres hommes-insectes qui y étaient déjà assis. Aurélie, intimidée, se glissa sur le bout d'une chaise. L'aubergiste, un grand homme bleu à la gueule de poisson-chat, essuya distraitement la table et leur demanda ce qu'ils voulaient. Icare allait commander une pinte d'hydromel quand l'adolescente se pencha vers lui.

— Nous n'avons pas d'argent, Icare !

L'aubergiste l'entendit.

— Pas d'argent, pas d'hydromel, déclara-t-il simplement avant de se diriger vers une autre table.

— Sac à plumes ! s'exclama l'ange.

Il se leva, déterminé.

— Dans ce cas, il faudra gagner de l'argent.

Aurélie leva un sourcil interrogateur.

— Comment comptes-tu faire ça ?

— C'est une taverne ici… Il doit y avoir une partie de cartes qui se joue quelque part !

— Tu vas jouer aux cartes ! s'exclama Aurélie d'une voix suraiguë. Mais tu dois avoir une monnaie d'échange si tu perds, non ?

Icare pointa l'épée dans son dos.

— La voilà, ma monnaie d'échange.

— Tu ne peux pas mettre en jeu ta Volonté pour quelques misérables pièces d'argent !

Aurélie tenta de le retenir, mais il se dégagea.

— Comment crois-tu que nous obtiendrons de l'information des types d'ici ? Avec nos beaux yeux ? Nous avons absolument besoin d'argent ! Fais-moi confiance.

Des larmes montèrent aux yeux de la jeune fille.

— Tu n'as aucune morale ! Tu ne peux pas jouer quelque chose d'important comme ta Volonté ! Je te l'interdis ! cria-t-elle en tapant du pied.

Icare se tourna, excédé, et se dirigea vers le fond de la pièce, laissant l'adolescente debout au milieu de la foule de géants menaçants. Apeurée, elle se terra sous un escalier, à l'abri des regards.

— Je le déteste, il est stupide ! gémit Aurélie. Il va tout bousiller pour une pinte d'hydromel !

Une vingtaine de minutes plus tard, elle entendit des cris parvenir du fond de la salle et se tourna vers Gayoum, les yeux ronds. Un attroupement s'était formé autour de la table de jeu. Aurélie se fraya un chemin, poussant les armures métalliques et les redingotes de cuir, pour se retrouver à l'avant.

Icare, assis entre un homme-loup et un reptile à quatre yeux, scrutait avec satisfaction les cartes qu'il venait de recevoir. Il fumait une longue pipe, et une pile d'objets et de pièces dorées s'amoncelait devant lui. Les joueurs échangèrent des cartes en marmonnant et, finalement, un homme-pieuvre, de la même race que celui qui leur avait fait traverser le fleuve sucré, glapit quelque chose. Tous laissèrent tomber leurs jeux sur la table, à l'exception d'Icare qui prolongea le suspens avant d'étaler ses cartes avec un petit ricanement. Une autre montagne d'argent vint s'ajouter à celle qui était déjà grosse.

— Et ce bougre a le culot de gagner en plus ! coassa Gayoum, fasciné.

La jeune fille ne savait pas si elle devait se réjouir ou reprendre son air boudeur pour dissuader l'ange de continuer la ronde de cartes. Cette fois, Icare avait perdu son sourire et se concentrait. Le cœur d'Aurélie débattait. « Il ne va pas tout perdre ! Espèce d'idiot ! » Lorsqu'on annonça que les jeux étaient faits, elle se cacha les yeux pour s'épargner cette vision d'horreur. Tous les joueurs laissèrent tomber des jeux plus impressionnants les uns que les autres. Icare porta la main à son front, l'air profondément découragé, ce qui lui attira les moqueries de ses adversaires. Il posa enfin ses cartes, une à une. Des cris de stupeur fusèrent de partout.

— Il a gagné ! cria Aurélie.

Avec précipitation, elle s'approcha d'Icare pour éviter qu'il ne commence une nouvelle partie.

— Je t'avais dit de me faire confiance ! sourit l'ange. Impressionnée ?

— Très ! Mais j'aimerais que tu arrêtes maintenant. Nous avons assez d'argent pour douze quêtes !

L'ange hésita un moment.

— Bon. J'arrête seulement parce que c'est toi qui me le demande ! Je commençais juste à m'amuser !

Aurélie entassa les pièces dans son sac tandis qu'Icare se levait en faisant une petite révérence aux autres joueurs.

— Merci pour cette partie... euh... Comment dire ? Enrichissante ! déclara-t-il en portant deux doigts à son front pour les saluer.

Une rumeur parcourut les joueurs décontenancés. L'homme-loup se leva avec un grognement et pointa une épée tranchante vers l'ange surpris. À ce moment, les arbalètes, lances, fourches, haches et autres armes se braquèrent dans la même direction. L'homme-pieuvre se fâcha et tous acquiescèrent.

— Qu'est-ce qu'il radote ? souffla Icare à Gayoum.

— Ils pensent que tu as triché.

— Je n'ai pas triché ! Je suis chanceux, c'est tout ! J'ai un talent naturel pour les cartes ! essaya-t-il d'expliquer d'un ton plus ou moins convaincant.

Tandis que les perdants s'impatientaient, les chiens des bouches à feu cliquetèrent et les armes s'agitèrent.

— Ce n'était pas l'endroit idéal pour exhiber tes talents naturels ! s'exclama le crapaud.

13

Une flèche fut projetée en direction d'Icare, pour être aussitôt déviée par le sabre brillant d'un inconnu. Les joueurs enragés poussèrent un cri de ralliement et s'élancèrent sur ce nouvel ennemi. Sous le regard fasciné des trois compagnons, l'inconnu, enveloppé d'une cape à large capuchon, bloquait avec habileté les attaques. Se faufilant d'un pas dansant, l'étranger virevoltait sur lui-même, donnant des coups de pied et balançant son sabre sur les joueurs menaçants. Les adversaires commençaient à s'empiler sur le sol tandis que le personnage infatigable continuait à manier sa lame avec adresse, d'une seule main.

D'un coup de poing, l'homme-pieuvre vola sur une poutre et roula sur le sol, inconscient. L'homme-loup allait surprendre le mystérieux individu, mais le cri d'Aurélie l'alerta à temps. En pivotant, l'inconnu envoya voler l'homme-loup plus loin. Il se tint alors au-dessus de sa victime, la lame de son sabre appuyée sur sa gorge. L'homme-loup laissa tomber son épée pointue et tendit les bras de chaque côté de lui, vaincu.

La foule, impressionnée, murmurait doucement tout en se retirant du lieu de saccage. Les joueurs, gémissant à présent, jonchaient le sol. L'inconnu laissa déguerpir l'homme-loup, soulagé de s'en tirer à si bon compte. Le vainqueur éclata d'un rire fin et musical et se tourna vers les trois aventuriers ébahis. Il souleva son capuchon d'un geste gracieux.

— Majira ! s'écria Aurélie.

— *L'az bin too !* chanta-t-elle avec un sourire resplendissant.

Elle posa un regard de velours sur Icare.

— *Bi ni tiban po la an too, inn ?*

— Je ne comprends toujours rien à son jargon !

— Elle dit : « Tu ne pensais pas ça de moi, hein ? », traduisit Gayoum.

— Certes ! répondit l'ange avec un sourire admiratif pour la belle.

Ils prirent place autour de la table de jeu, vide à présent, et Aurélie termina de mettre les pièces dans son sac. L'aubergiste arriva précipitamment avec quatre pintes d'hydromel… et un sourire forcé.

— C'est sur mon bras ! balbutia-t-il avec une petite courbette à Majira.

— Je ne savais pas que les poissons-chats avaient le sourire aussi large ! lança Aurélie, quand il fut parti.

La Pershir tendit la main vers son talisman qui pendait au cou d'Icare. Elle le lui retira et lui plaqua un baiser sur la bouche.

— *Naki !* souffla-t-elle en l'accrochant à son cou.

Icare semblait heureux du déroulement de cette soirée. Il but allègrement deux pintes d'hydromel et commanda un jus de fleur pour Aurélie et quelques mouches marinées pour Gayoum. L'adolescente prit une des pièces dorées entre ses mains et en examina les faces. Sur la première, il y avait un crâne de rongeur, au regard mauvais, encadré de deux os. Sur l'autre, un rat humanoïde, couronné, se tenait de profil au-dessus de l'inscription «Voraxius 1er».

— Tu sais qui c'est ?

— Je ne le connais pas, mais on dirait un pirate ! répondit le crapaud en grignotant une mouche bien grasse.

Majira se lança dans un récit ponctué de grands gestes et de moues désapprobatrices. Gayoum hocha la tête.

— En résumé, elle s'est enfuie de chez elle en racontant à son père qu'elle ne voulait pas épouser un guerrier rigide comme Baref. C'est à toi qu'elle avait donné son talisman et elle comptait te retrouver. Mais…

Gayoum hésita.

— Mais ? l'encouragea Icare, portant la pinte d'hydromel à ses lèvres.

— Mais son père est maintenant à ta recherche, et il a juré de te tuer dès qu'il te retrouvera…

Icare recracha toute sa gorgée d'hydromel sur Gayoum et regarda Majira, stupéfait.

— Je suis un ange, moi ! Je ne peux pas avoir un futur beau-père à mes trousses ! Je ne peux même pas me marier !

Majira baragouina quelques explications en essuyant Gayoum avec un pan de sa cape.

— Elle assure que tu n'étais qu'un prétexte, Icare. Elle veut devenir la reine de son peuple et croit avoir la force et l'audace pour y parvenir. Cependant, son père tient absolument à poursuivre la tradition patriarcale en léguant son pouvoir à un autre homme.

— L'audace… Ça, tu peux le dire ! Bon, on composera avec la situation quand le beau-père arrivera dans le décor, soupira l'ange en buvant une rasade d'hydromel.

Majira rit et posa sa tête sur l'épaule d'Icare dont la moue boudeuse se transforma en un sourire enjôleur.

— Quand vas-tu commencer à extirper des informations à cette bande d'horribles soûlons ? s'enquit Aurélie d'un ton ironique, craignant qu'il ne sombre dans les vapeurs de l'alcool.

— J'y vais à l'instant, bredouilla-t-il.

L'homme ailé se promena d'un client à l'autre, leur posant des questions et leur remettant des pièces d'or. Aux plus réticents, il pointait Majira du doigt laquelle les saluait d'un charmant sourire qui cachait bien sa force exceptionnelle. Gayoum traduisait les grognements indéchiffrables de ces monstres humanoïdes. Après quelques témoignages, Icare revint à la table.

— Je ne sais pas si ça vaut les dix-huit pièces que j'ai dépensées, mais d'après ce que m'ont dit ces tératomorphes, il est pratiquement impossible de traverser la tranchée à partir d'ici. C'est trop profond et cela risque de nous prendre beaucoup de temps. Ils m'ont indiqué qu'il y avait une grande tour un peu plus loin… Je n'ai pas très bien compris s'il y avait un pont à cet endroit, pourtant ils m'ont assuré que l'on pourrait passer de l'autre côté par cette forteresse.

— Bon, alors, partons vite, car si je bois une pinte de jus de fleur de plus, je devrai me réveiller pour aller aux toilettes et tout sera à recommencer, pressa Aurélie.

Gayoum traduisit la conversation à Majira qui porta la main à sa bouche, avec effroi. Elle donna ensuite un coup de poing sur la table et cracha quelques paroles haineuses.

— Elle affirme que les Pershirs sont très intimidés par les pirates depuis quelque temps et qu'elle est d'accord pour se rendre à la tour. Elle dit que si elle leur règle leur compte, son père comprendra qu'elle est digne de monter sur le trône.

— Quoi ? La forteresse appartient à des pirates ? s'inquiéta Icare.

— Il semblerait que oui.

— Il va falloir économiser nos pièces pour les soudoyer…

Gayoum toussota, hésitant.

— Je ne crois pas que Majira a l'intention de les soudoyer… Je pense qu'elle veut se battre !

Icare se passa une main sur le visage, exaspéré.

— On y va ?

Aurélie se dirigeait déjà vers la sortie, heureuse à l'idée de quitter ce lieu sombre et puant.

En passant, Icare lança quelques pièces d'or à l'aubergiste pour les dégâts causés et lui demanda où ils pourraient se procurer des montures. De leur côté, les clients de la taverne semblaient soulagés de voir les quatre fauteurs de troubles franchir le pas de la porte.

La maisonnette indiquée par l'aubergiste était sombre et ils durent réveiller l'occupant en frappant à grands coups sur la porte d'entrée. Une trappe s'ouvrit, laissant voir deux yeux marron aux reflets malveillants. Le personnage aboya en guise de réponse.

— Tu ne veux pas nous aider, hein ? sourit Icare, ironique. Nous allons voir si tu comprends ça…

Il tira une pièce du sac d'Aurélie et la fit briller devant les deux yeux arrondis qui le fixaient. La trappe se referma et la porte s'ouvrit sur un petit bonhomme râblé au visage de chameau.

— Ça c'est un langage universel ! rit l'ange en remettant la pièce à l'homme.

L'adolescente trouva vite sympathique cet homme qui les équipa de montures fringantes et de provisions copieuses… moyennant une généreuse somme, bien entendu.

Leurs montures ressemblaient à des lamas bipèdes, dont certains avaient de longues oreilles pendantes et d'autres qui pointaient vers le ciel. Aurélie choisit le plus petit. L'animal avait des pattes à la musculature puissante, terminées par des pieds à trois doigts largement matelassés. Il chiala quelque peu lorsque la jeune fille tenta de monter dessus. Le chamelier ordonna à la bête de s'asseoir, et Aurélie put tester sa monture en se promenant dans les rues du village. Majira en choisit un gracieux, aux oreilles pointues, dont la robe rappelait celle des dalmatiens. Celui d'Icare était imposant et semblait avoir un caractère impétueux comme son nouveau maître. Chaque fois qu'il tentait de monter en selle, l'animal s'éloignait pour mâchonner une touffe d'herbe.

— C'était évident que je me retrouverais avec le plus stupide de la bande ! tempêta l'ange. Reviens ici, maudit lapin manchot !

Une fois que tous furent confortablement installés et prêts à partir, ils saluèrent le chamelier qui riait des déboires de cet étrange homme ailé.

Ils cheminèrent en silence à travers le village endormi et se présentèrent de nouveau au poste de garde à l'entrée. Le grand soldat ronflait dans son armure. Aurélie dut frapper très fort sur la cuirasse pour obtenir une réaction. Le tintement métallique réveilla le dormeur qui observa les voyageurs pendant quelques secondes, hébété.

— Vous partez déjà ? Vous ne deviez pas passer la nuit ici ? s'empressa-t-il de dire.

— Non, nous avons une quête à poursuivre ! sourit Aurélie.

Le garde fit signe à un de ses subalternes et lui murmura quelque chose. Puis celui-ci partit d'un pas précipité. L'adolescente se tourna vers Gayoum qui suivait la scène avec attention.

— Qu'est-ce qui se passe ? Vous ne pouvez pas nous laisser sortir ? s'informa-t-elle.

— Euh… oui, oui, bien sûr !

Le soldat sans visage leur ouvrit la porte en actionnant un levier. Les voyageurs quittèrent le hameau, s'interrogeant sur le comportement suspect du garde qui les saluait de grands signes d'adieu. Ils prirent la direction indiquée par les clients de l'auberge et distinguèrent devant eux, dans un nuage de poussière, un autre garde sur une monture au profil chevalin qui s'éloignait rapidement.

— Ce village m'a semblé étrange, commenta Aurélie. Vous avez remarqué qu'il n'y avait que ces gardes qui me reconnaissaient dans toute la ville ? Et combien ils se sont empressés de me laisser entrer, mais moins de me laisser sortir ?

— Et ce ne sont même pas des habitants de ton île. Ce village a toujours existé pourtant, il n'a jamais été emmuré et gardé, lui expliqua Gayoum.

— Et ces personnages hideux de la taverne ? Ce sont des habitants de l'île ? demanda Icare.

— Quelques-uns… Cependant, il y avait beaucoup de races que je n'avais jamais vues. Peut-être qu'ils viennent de l'île de l'homme-chat.

— *Too akri te ma drakos fidar mi pishar*, ajouta Majira.

— Elle dit qu'elle croit que les pirates persécutent ce village.

— Il serait sage dans ce cas d'arriver au plus tôt à la forteresse ! pressa Icare.

— Depuis quand tu es sage, toi ? s'étonna Gayoum.

— Depuis que j'ai le goût de faire une course avec ces machins-là !

Icare ponctua sa phrase par un cri digne d'un cow-boy. Il éperonna sa monture, qui détala en vitesse, laissant ses compagnons toussoter dans un nuage de poussière.

— Accroche-toi, Gayoum ! cria Aurélie, imitant l'ange.

Le désert de roches s'étendait loin. Il était encadré au nord par la tranchée qui le séparait de l'île de l'homme-chat. Au sud se dessinait la zone aride, jonchée d'arbustes rabougris et piquants, qui menait à la

Grande Bibliothèque. Ils avaient voyagé d'ouest en est et, à présent, la grande forteresse sombre se dressait devant eux en une masse de roc d'un noir bleuté. Malgré la noirceur, elle se découpait sur l'horizon, cachant l'océan qui s'étendait au-delà.

— Cette forteresse semble être une nouvelle construction. Je ne me rappelle pas en avoir entendu parler auparavant, cria Gayoum pour couvrir le bruit du vent qui soufflait sur le reg.

— Nous allons vite découvrir de quoi il s'agit, assura Aurélie.

Icare, un peu plus loin, stoppa sa monture, d'un coup sec sur la bride. Aurélie ralentit et, lorsque la poussière se dissipa, elle remarqua un mur de rongeurs en armure qui les attendaient. Les voyageurs se regroupèrent, désemparés à la vue de ces cavaliers aux montures de métal robustes qui laissaient échapper de la vapeur par leurs naseaux dorés. Les cavaliers attendaient la réaction des quatre compagnons en suivant le moindre de leurs mouvements de leurs yeux jaune fluorescent.

— Nous sommes cuits ! constata l'ange, tandis que l'armée commençait à avancer vers eux.

— Nous ne pouvons pas abandonner ici ! s'écria Aurélie.

— *O ma kia o ma koru!* lança Majira en dégainant son sabre avec détermination.

— Sauve-toi, Aurélie! Nous allons essayer de les retenir! hurla Icare, levant sa Volonté vers les rats.

Aurélie fit pivoter sa monture qui s'élança à un rythme effréné.

Icare fixait les rats d'un regard qu'il voulut agressif, mais la sueur qui perlait sur son front trahissait sa peur. Il murmura quelques prières, ce qui était plutôt inhabituel chez lui, implorant le ciel de lui donner la force de vaincre ces ennemis. L'armée avançait à une cadence régulière, au rythme des tintements des armures et des pas des chimères de plomb. Icare se tourna vers Majira qui attendait, elle aussi, tenant son sabre bien haut. Leurs regards se croisèrent et l'expression de Majira lui insuffla une bouffée de courage.

La monture d'Aurélie galopait, en écumant. L'adolescente se sentait désormais très loin de la petite fille qui faisait des cauchemars et arrivait en retard à l'école. Cette armée semblait trop nombreuse et elle doutait qu'ils aient une chance de s'en sortir. Si elle devait se réveiller à ce moment-là, elle perdrait tout. Icare et Majira seraient anéantis par ces pirates du désert. Elle vivrait alors pour toujours avec la culpabilité de les avoir laissés tomber, en plus de continuer à subir les assauts de l'homme-chat.

Gayoum, qui tentait de rester accroché au cou d'Aurélie, put suivre la scène qui se déroulait au loin. Il admirait le courage dont faisaient preuve l'ange et la Pershir. Il vit l'armée de rats les enfourner comme une bête prête à dévorer sa proie. Les deux combattants persistaient à brandir leurs armes, repoussant certains des agresseurs, mais finirent par tomber aux mains des adversaires. L'ouaouaron détourna le regard, triste et désespéré.

Des cavaliers gagnaient du terrain, car leurs chevaux mécaniques étaient beaucoup plus rapides que le lama bipède. Arrivés à leur hauteur, les ennemis saisirent la bride des mains d'Aurélie et forcèrent l'animal à arrêter sa course. Celui-ci lâcha un cri strident qui fendit l'air ; la jeune fille et son crapaud roulèrent sur le sol rocailleux. Plusieurs cavaliers descendirent de leur monture et immobilisèrent vite les fuyards. Aurélie tentait de se débattre tandis que les rats lui attachaient pieds et poings à une longue branche. Gayoum subit le même sort. Les pirates remontèrent ensuite en selle et deux d'entre eux posèrent un bout de la branche sur leurs larges épaules, laissant Aurélie et son conseiller suspendus au-dessus du sol.

À quelques mètres de là, le chef de la bande empoignait les cheveux d'Icare pour le forcer à relever la tête. Majira, elle, était retenue par deux des plus gros cavaliers.

— Alors, c'est toi le fameux Icare qui sème le trouble partout, ricana le rat derrière le masque de son armure.

— Hé, tu n'as pas une poubelle à fouiller… Espèce de parasite d'égouts ! souffla l'ange entre ses lèvres tuméfiées.

Avec l'énergie du désespoir, il se releva d'un bond et tenta d'assener un coup de sa Volonté sur la gorge du pirate. Mais celui-ci contra l'assaut avec sa lourde épée. La Volonté éclata et retomba en trois morceaux dans la poussière. L'ange, décontenancé en constatant qu'il avait complètement perdu ses pouvoirs et sa force, jeta un regard haineux vers son adversaire.

— Tu veux me tuer, c'est ça ? Vas-y, maudit lâche ! cracha-t-il.

Le rat envoya son poing de métal dans le ventre d'Icare, qui roula sur le sol.

— J'aimerais bien le faire… Mais elle ne s'en remettrait jamais, et ça bousillerait mon plan ! déclara-t-il avec un rire sadique.

L'ange se recroquevilla dans la position fœtale, tentant de reprendre son souffle.

— Tu n'auras plus besoin de ça non plus…

Le cavalier balança son épée et coupa les ailes déchiquetées d'Icare. Majira hurla de toutes ses forces, et l'ange bascula dans l'inconscience.

14

Aurélie s'éveilla, calée dans les coussins moelleux d'un lit au couvre-pied satiné. Le plafond de la pièce où elle se trouvait était peint d'un ciel bleu avec des nuages tourbillonnants. Tout autour, des chérubins rieurs aux visages de rongeurs se pourchassaient dans une valse enfantine. Se levant à demi, elle constata que la chambre était tapissée de petites sculptures dorées. Où était-elle ?

Elle se frotta les yeux, encore embrumée par une phase de sommeil très profond. Elle savait qu'elle ne venait pas de s'endormir et que ceci n'était pas son premier rêve de la nuit. Cependant, elle n'avait aucune idée de la façon dont elle était arrivée là.

Elle baissa les yeux et se vit affublée d'une grosse robe de tulle rouge et de souliers à la poulaine en cuir noir. Elle descendit du lit et se posta devant un large miroir orné de plumes d'autruche noires. Son reflet était celui de la princesse maléfique qu'elle avait été dans un rêve précédent.

Des voix lui parvinrent de l'autre côté de la porte, et elle s'approcha à pas feutrés.

— Talak, gros lourdaud ! Qu'est-ce que tu veux insinuer par « le crapaud s'est enfui » ?

— Sire, ce n'est qu'un crapaud…

— Idiot ! Ce batracien est aussi important qu'elle ! Rattrape-le vite, sinon il risque de la tirer de cette bulle dans laquelle je la maintiens !

Un crapaud ? Une bulle ? Mais de quoi parlaient-ils ?

Elle entendit les personnages s'approcher et courut vers le miroir. Dans le reflet, Aurélie vit la porte s'ouvrir sur un homme-rat. Elle se tourna vers lui lorsqu'il s'agenouilla en une révérence exagérée. D'un pas hésitant, elle s'avança et il posa un baiser sur sa main. Elle avait l'impression de vivre un conte de fées.

Il se releva et elle distingua ses traits. Il n'était pas bien vieux, peut-être à la fin de l'adolescence. Son visage, imberbe, était presque celui d'un humain, et un grand charisme se dégageait de son sourire. Elle le trouva étrangement séduisant et d'une parfaite élégance, avec ses cheveux dorés retenus par un ruban noir et sa chemise à jabot. Malgré cela, elle se méfiait de ses yeux trop perçants.

— Mademoiselle Aurélie, c'est un grand honneur de vous recevoir dans mon humble demeure, susurra-t-il.

Humble ? Comme cela sonnait faux. Elle lui sourit.

— Je me nomme Vorax et je suis à votre service, assura-t-il, inclinant la tête.

Vorax ? Ce nom lui était familier. Elle fit une petite courbette.

— Comment me suis-je retrouvée dans votre château ? interrogea-t-elle, essayant de pénétrer ce regard insondable.

— En vérité, c'est moi qui vous ai découverte. Je vous ai délivrée d'une situation délicate…

Il lui saisit la main et la posa au creux de son bras pour l'entraîner hors de la pièce.

— Venez, j'ai quelque chose à vous montrer qui répondra à vos questions…

* * *

Majira observait l'allée et venue des gardes. On l'avait enfermée dans une grosse cage dorée et suspendue très haut, tel un oiseau exotique. Sa prison se situait à l'extérieur de la grande forteresse noire. Près d'elle, un énorme escalier de pierre menait à l'intérieur. Hélas, il était un peu trop loin pour espérer s'y élancer, et on l'avait débarrassée de ses armes. La Pershir n'était vêtue que d'une tunique et d'un pantalon.

Elle avait la nausée car, chaque fois qu'une brise s'élevait, la cage se balançait au bout de sa longue chaîne robuste, amplifiant les étourdissements qu'elle ressentait. Elle restait donc étendue à surveiller l'activité qui entourait la forteresse.

Enfin, deux gardes costauds entrèrent, portant entre eux Icare qui semblait toujours inconscient et dodelinait de la tête au rythme des pas militaires.

— *Icarrr*, articula Majira, soudain moins abasourdie.

L'hémorragie de ses ailes s'étant arrêtée, on lui avait fait des bandages sur ce qui ressemblait maintenant à des protubérances informes sorties de son dos. Majira en fut bouleversée. Il survivrait à ses blessures, mais il lui resterait sans doute des séquelles psychologiques.

Les gardes l'enfermèrent dans une autre cage qu'ils hissèrent à la hauteur de la sienne. L'ange demeura roulé en boule au fond de sa cage.

— *Icarrr ?* interrogea la Pershir, ne pouvant discerner le visage de celui-ci.

Icare ouvrit des yeux vitreux, mais garda le regard résolument fixé à l'opposé de la cage de Majira. Il ne voulait parler à personne. À quoi bon, il avait tout perdu ; sa foi, sa volonté et, pour terminer, ses ailes.

On l'avait envoyé pour être un ange gardien et il avait tout raté. Il referma les yeux, espérant ainsi chasser ces pensées douloureuses.

* * *

Gayoum se retira dans une ouverture entre les pierres de la forteresse pour laisser passer les rats en armure qui montaient la garde du côté sud. Il attendit longtemps, laissant résonner leur démarche cadencée, avant de sortir de sa cachette. Sautillant sur le pavé, il continua à contourner le bâtiment afin d'y trouver une entrée discrète.

Comment ces bougres d'idiots avaient-ils pu imaginer fixer un crapaud à une branche à l'aide de cordages aussi épais ? Avec astuce, il s'était laissé transporter jusqu'à la tour où il avait libéré, sans difficulté, ses pattes visqueuses des liens grossiers. Il s'était ensuite laissé tomber, sans que les gardes s'en rendent compte, et s'était caché jusqu'à ce que l'armée se soit introduite dans la bâtisse.

Il se demandait ce qui était advenu d'Icare et de Majira. Tout ce qu'il savait, c'était que lors de son transport vers la tour, il avait entendu Majira hurler et, plus loin, il avait vu un monticule de plumes éparses qu'il avait cru être les ailes de l'ange.

Il craignait le pire pour eux.

Un nouveau groupe de gardes arriva et Gayoum se pressa de s'abriter sous un banc de bois. Un des gardes s'assit lourdement et le crapaud constata avec frayeur que les pieds du banc s'arquaient sous le poids du rongeur obèse. Il regretta d'avoir choisi cette cachette et de ne pouvoir pénétrer plus vite à l'intérieur de la tour. Peut-être que ces précieuses minutes perdues l'empêcheraient de porter secours à Aurélie. Avec un grand soupir désespéré, il attendit avec impatience que le garde s'endorme.

* * *

Vorax mena Aurélie dans une autre aile de la forteresse. Le décor passa du rococo au gothique noir. Des gargouilles rieuses guettaient les longs corridors

154

depuis leurs volutes élevées. La porte du fond, taillée dans une arche en ogive, était gardée par deux rats se tenant bien droits. Aurélie, parcourue d'un frisson, en conclut que cette partie de la bâtisse devait être le donjon.

Les gardes s'inclinèrent devant les deux visiteurs et poussèrent les portes. Elles s'ouvrirent sur une grande pièce poussiéreuse, balayée d'un unique rayon de lune. Au centre, la tête et les poignets maintenus dans un carcan de bois, se tenait un être brisé par la torture.

— L'homme-chat ! s'émut Aurélie.

— Toi… articula-t-il avec difficulté.

Malgré l'efficacité du carcan qui maintenait l'homme-chat au cou et aux mains, l'adolescente se tenait à l'écart. La bête cillait et semblait aussi décontenancée qu'elle de la voir. Vorax s'accouda avec nonchalance sur le carcan, prenant plaisir à narguer le prisonnier qui grognait et se débattait.

— Tu vois, Aurélie, tu n'es pas la seule à qui il causait des tracas.

— Il te hantait aussi ? demanda-t-elle.

— Si on veut…

D'une part, elle était reconnaissante à Vorax d'avoir capturé le monstre de ses cauchemars. D'autre part, l'attitude de la bête, qui semblait plus effrayée que féroce, la fit douter. Quelque chose dans son œil l'implorait et elle eut un indice en voyant son orbite vide marquée d'une balafre.

Remarquant son incertitude, Vorax s'avança vers elle, l'air contrarié.

— Qu'y a-t-il? Je croyais que tu serais contente de voir ton tortionnaire enfin emprisonné?

— Euh… Non! Non, c'est que depuis mon éveil, je suis tellement mêlée. Je n'arrive pas à suivre le fil de ce qui arrive.

Elle porta une main à son front, encore engourdie par son sommeil profond.

— J'ai l'impression que si je lui parlais…

— Pourquoi voudrais-tu entendre les propos haineux de cette bête archaïque?

Vorax lui entoura les épaules et l'attira hors du donjon avec un sourire réconfortant.

— Tes soucis seront désormais enfermés dans cette pièce.

— Hé! Sorcière, reviens ici! cria le prisonnier derrière eux.

Aurélie se tourna et vit un garde répondre à l'homme-chat d'un coup de botte sur la gueule. Malgré le terme qu'il avait employé, son intonation ne semblait pas méchante, mais plutôt suppliante. La jeune fille, hésitante, sortit néanmoins de la pièce, encouragée par Vorax à laisser l'homme-chat à son sort.

* * *

Enfin, la respiration du garde devint régulière. Gayoum se délivra de son piège et s'éloigna rapidement avant que le soldat, pris d'un spasme, l'écrase de son énorme pied. Le crapaud continua de bondir, sans savoir ce que chacun des recoins de cette forteresse infernale lui réservait. Il atteignit bientôt une enclave bordée de hauts murs de pierre et remarqua un long escalier qui menait à l'intérieur. Blotti dans un coin, il espionna les gardes dont le regard se portait sur deux cages suspendues.

— Allons manger, ils ne pourront pas s'envoler ! s'esclaffa un des rats.

— Ouais, ça va mal sans ailes, hein ! se moqua un autre avec un rire sadique.

Les gardes montèrent l'escalier, riant de cette bonne farce. Dès qu'ils furent hors de sa vue, Gayoum s'aventura, sautant d'une marche à l'autre, jusqu'à ce qu'il atteigne la plateforme du haut. Il y découvrit avec stupéfaction Majira et Icare, affaissés au fond de leurs cages respectives, et fut d'autant plus troublé lorsque ses yeux se posèrent sur les moignons qui saillaient du dos de l'ange.

— Icare ! appela-t-il, prenant soin de ne pas parler trop fort.

— *Gajoum !* s'exclama Majira. *Icarrr detars an too babril...*

«Icare refuse de me parler», comprit le crapaud.

— Hé, dis quelque chose !

— Laisse-moi tranquille !

L'ange se leva, lui tournant le dos, et s'appuya aux barreaux.

— Icare, il y a toujours de l'espoir pour Aurélie, nous pouvons encore l'aider...

— Je suis un nul, j'ai tout raté ! J'ai bousillé la seule chance que j'avais de prouver que j'étais bon à quelque chose ! Je ne vois pas ce que tu attends d'un ange amputé.

— Si tu ne le fais pas pour toi, fais-le pour Aurélie.

— Il n'y a plus rien à espérer, maudit batracien moralisateur !

Gayoum pinça sa gueule sous l'insulte.

— Toi, tu es encore fort et agile... Moi, je suis petit et je n'ai aucun moyen de me battre mais, au moins, je vais essayer !

L'ange ne répondit pas et Gayoum continua à monter les escaliers pour atteindre enfin le portail de la forteresse. Majira, bras croisés, réprimanda Icare. Celui-ci perçut la déception dans sa voix.

— C'est ça, c'est ça… répondit-il.

Il ne put, cependant, empêcher sa gorge de se nouer.

* * *

Aurélie entra en compagnie de Vorax dans une énorme salle de banquet où l'attendait une foule d'hommes-rats et de femmes-rats aux costumes flamboyants. Cette cour prenait place à une longue table garnie d'un festin gargantuesque. Des lustres imposants, ornés de cristaux en forme de gouttes d'eau, laissaient pleuvoir une lumière chaleureuse.

Dès qu'Aurélie se présenta, les yeux se braquèrent sur elle. Vorax lui prit la main et l'entraîna un peu plus loin.

— Mesdames et messieurs, la reine !

Les applaudissements et les exclamations fusèrent de partout. L'adolescente baissa le nez, gênée par tant d'attention. Tous les mets imaginables encombraient la table : de la dinde, en passant par les rôtis, le gratin dauphinois, les poissons frais, les beignets, sans compter les desserts…

— Des sushis ! s'étonna-t-elle.

— Tant que tu en veux, très chère ! assura Vorax, l'invitant à s'asseoir à l'une des deux places d'honneur.

Aurélie hésita un instant puis, enivrée par l'atmosphère de fête, se laissa gagner par l'enthousiasme général. Le vin et le cidre coulaient à flots, les amuseurs jonglaient et les troubadours chantaient leurs rhapsodies.

Lorsque les convives furent repus, une musique frénétique s'éleva et les rats s'élancèrent sur le plancher de danse avec des cris de joie. La jeune fille ne put s'empêcher de penser que ceci était la fête la plus amusante de toute sa vie.

Après quelques danses, elle se dirigea vers sa place quand un objet brillant sur le sol attira son attention. Elle le prit entre ses doigts et découvrit une pièce de monnaie à l'inscription « Voraxius 1er ». Cet écu lui était étrangement familier. Quand l'avait-elle vu ? Il lui semblait qu'il n'y avait pas si longtemps, elle le faisait tournoyer sur une table de bois crasseuse…

Son attention se porta alors sur une énorme toile qui occupait presque tout un mur. Celle-ci représentait un jeune homme-rat couronné arborant un sourire effronté. Sur une plaque de bronze, on lisait « Sire Voraxius 1er ».

« Vorax est le roi de cette forteresse, pensa Aurélie. Et moi, je suis la reine de quoi au juste ? »

Elle se tourna vers Vorax qui, affalé sur son siège ornementé, observait la fête avec satisfaction. Se sentant épié, il porta son regard bleu sur elle et lui leva sa coupe avec un sourire envoûtant. Un autre rat vint alors chercher la jeune fille pour l'inviter à tourbillonner au milieu de la cohue en délire.

Plus tard, Aurélie prit place à côté de Vorax.

— Alors, tu t'amuses ?

— Oh oui ! C'est merveilleux… Mais je ne peux m'empêcher de me sentir étrangère parmi ces personnages.

— C'est normal, il n'y a pas si longtemps que tu as été introduite à la cour.

— Je suis un peu épuisée aussi. Est-ce que ce serait possible pour moi de retourner à ma chambre ?

— Bien sûr, ma chère ! Tes désirs sont des ordres… Je te reconduis à l'instant.

Fendant la foule hilare, Vorax fit sortir son invitée de la pièce bruyante. Lui tenant la main, il prit un raccourci à l'extérieur et ils s'engagèrent sur un rempart qui surplombait l'océan nimbé de la lumière blafarde de la lune.

À l'horizon s'étendaient plusieurs îles où brillaient de minuscules lumières et Aurélie fut subjuguée par la beauté de ce paysage nocturne. Elle baissa les yeux pour voir les vagues lécher le bas des murs imposants de la forteresse, comme si le bâtiment servait aussi de barrage. Quelques quais se jetaient dans la mer et, autour de ceux-ci, plusieurs bateaux coiffés de voiles noires, à l'effigie de crâne de rongeur, flottaient doucement. Cet emblème ressemblait à celui qu'elle avait remarqué sur une des faces de la pièce de monnaie.

Tandis que les pensées d'Aurélie voguaient à mille lieues, Vorax lui saisit la main et la porta à ses lèvres. Elle le regarda, troublée.

— Tout ceci pourrait être à toi aussi, Aurélie...

La jeune fille ne répondit pas et détourna le visage pour éviter de soutenir le regard intense de ce mystérieux roi.

Il constata qu'elle n'était pas encore prête pour la demande qu'il souhaitait formuler. Il sourit, cependant, satisfait à l'idée qu'elle n'était pas insensible à son charme. Il la conduisit à sa chambre et la salua d'une petite révérence.

— S'il y a quoi que ce soit, n'hésite pas à me le dire. J'espère que tu auras une pensée pour moi avant de fermer l'œil…, chuchota-t-il.

Aurélie referma la porte et s'y adossa avec un long soupir, bouleversée.

15

Après avoir vu passer Aurélie au bras d'un jeune homme-rat qu'il crut être le fameux pirate Vorax, Gayoum tenta de sortir de sa cachette derrière une lourde tapisserie. Celle-ci représentait un des exploits du roi écumant les mers. Mais des pas précipités forcèrent le conseiller d'Aurélie à reprendre sa place.

Vorax, pressé, appela son fidèle bras droit qui apparut au bout du corridor.

— Talak !

— Oui, sire !

Gayoum s'étira le cou pour écouter, essayant de garder un pan de la broderie sur sa tête afin de se dissimuler.

— Avez-vous trouvé le crapaud ?

— Non, sire !

— Eh bien, commencez à chercher sérieusement ! Je veux ce batracien mort ou vif avant la fin de la nuit !

Les deux hommes-rats s'éloignèrent et, dès qu'ils disparurent, Gayoum reprit son chemin, tentant de bondir dans la pénombre pour éviter d'être vu. Au moins, il savait maintenant qu'il était sur la bonne voie. Il s'arrêtait de temps à autre, effrayé par une de ces sculptures, plus vraies que nature, d'hommes-rats qui trônaient tout au long du large couloir.

Puis, enfin, il déboucha sur un autre passage qui paraissait être le bon. Seul problème, deux grands gardes armés veillaient sur la porte close.

« Comment ai-je pu m'imaginer que ce serait facile ? » pensa-t-il, découragé.

* * *

La porte en haut du long escalier s'ouvrit pour laisser sortir Vorax et Talak. Le jeune roi descendit jusqu'à un garde qui lui présenta un objet enroulé dans un morceau de coton. Vorax l'ouvrit et esquissa un sourire triomphal. Majira s'agitait dans sa cage, vociférant des insultes.

Le jeune homme-rat leva les yeux vers la Pershir.

— Du calme, ma jolie. C'est dommage que tu sois aussi revêche… J'aurais pu t'offrir une belle vie, ici. De toute façon, tes oreilles pointues me rappellent trop celles d'un chat !

— Qu'allons-nous faire d'elle ? interrogea Talak.

— Je n'en suis pas encore certain… Nous pourrions demander une rançon à son père ou encore la vendre dans une autre île. Plusieurs donneraient cher pour une créature pareille !

Majira se retira au fond de sa prison suspendue, les bras croisés sur sa poitrine pour se protéger des menaces de Vorax qu'elle semblait avoir comprises. De grosses larmes roulèrent sur ses joues dorées.

Icare, lui, avait toujours le regard perdu dans le vide et ne portait pas attention à ce qui se passait autour de lui, jusqu'à ce que Vorax l'interpelle.

— Hé ! J'ai quelque chose pour toi, l'ange déchu !

Icare posa sur lui des yeux vitreux, vides de toute expression. Vorax déballa le mystérieux objet. Sa vue fut un choc pour l'homme ailé qui réagit instantanément en s'agrippant aux barreaux de sa cage. Vorax tenait avec fierté la Volonté fracassée.

— Elle devait être belle… Maintenant, elle ne vaut plus rien. Pas plus que son ancien propriétaire !

Icare écumait de rage. Des larmes amères lui montèrent aux yeux. Vorax jeta l'épée par terre et l'écrasa du pied. La fragile pierre de la lame s'égrena en plusieurs morceaux.

— Et l'ange? Comment disposerons-nous de lui? s'enquit encore Talak.

— Je ne sais pas quel est le prix d'un ange sans ailes ni volonté... J'aimerais peut-être aussi le garder comme oiseau exotique!

— Plutôt mourir! articula Icare.

— Ah! Tiens, il a retrouvé le don de la parole! C'est encore mieux!

Icare n'avait jamais ressenti la haine à un état aussi pur. En tant qu'ange, il se devait d'être juste pour tous, mais Vorax dépassait les bornes.

— Que vas-tu faire d'Aurélie? demanda-t-il.

— Ne t'inquiète pas pour elle... Avec le petit paradis que je lui ai construit, elle ne voudra plus se réveiller, et son île finira par m'appartenir, comme celle de l'homme-chat.

— Pourquoi ne pas lui enlever la vie, si c'est son île que tu convoites?

— Si elle perd la vie, son île montera aux cieux rejoindre les îles des défunts... Tu n'as pas remarqué combien il y avait d'étoiles dans le monde imaginaire?

— Ce sont les îles des gens qui sont morts ?

— Bien sûr ! Et puisque c'est la réalité d'Aurélie qui tient vivants les peuples et les créatures qui l'habitent, si elle ne se réveille jamais, son île se dépeuplera peu à peu et je pourrai y construire le plus grand port de pirates de ce monde… Comme j'ai commencé à le faire dans l'île de l'homme-chat ! avoua-t-il, l'air content de lui.

— Sale rat ! L'homme-chat est donc innocent ! cracha Icare.

— Le pauvre… La destruction de son île l'a rendu complètement cinglé et il ne fait plus la différence entre la réalité et le monde imaginaire. Il y a plus d'un jour qu'il ne s'est pas réveillé dans sa réalité… Je l'ai enfin convaincu que mon emprise sur lui était totale et irrévocable.

— Aurélie ne tombera jamais dans un tel piège ! Elle est trop futée !

— Malheureusement, cette mignonne petite est aussi vulnérable que son ennemi l'homme-chat… C'était bien amusant de les voir se déchirer lorsque leurs îles ont été soudées. Bon, assez babillé, j'ai un royaume qui m'attend !

Il se pencha en une révérence moqueuse à l'intention d'Icare et remonta les escaliers. Les doigts de l'ange encerclaient les barreaux de la cage si fort que ses jointures blanchirent. Ce n'était pas juste. Ce rat ne pouvait mettre à exécution un plan aussi machiavélique. Une lueur de détermination commença à briller dans le cœur de l'homme ailé. Puis son regard se posa sur la Volonté, écrasée sur le sol en plusieurs morceaux. La rage qui le consumait se transforma alors en désespoir et il se laissa tomber au fond de la cage, les bras entourant ses jambes et la tête posée sur ses genoux.

L'envergure de ce plan était bien trop grande pour qu'il puisse espérer y faire quelque chose dans son état pitoyable.

* * *

« S'aventurer près de ces deux gorilles n'est rien de moins qu'un suicide », songea le crapaud, anxieux. Il évalua où était placée la pièce et se dit qu'il y aurait possiblement un accès par la chambre d'à côté. Sautillant aussi vite qu'il pouvait, il atteignit une haute porte de bois en prenant soin de vérifier si quelqu'un risquait de le voir. Il essaya de la pousser de ses frêles pattes avant, mais le loquet était enclenché. Pourquoi n'était-il pas plus grand et plus agile ?

«Bon, calmons-nous! La panique n'apporte jamais les meilleures idées», s'encouragea-t-il. Il leva les yeux. La poignée n'était pas si haute. Peut-être pourrait-il essayer avec sa langue. S'il était capable d'attraper des insectes au vol, tourner une poignée ne devait pas être si difficile. D'un coup rapide, sa langue atteignit presque son but.

Des pas s'approchèrent de lui avec une cadence accélérée. Le crapaud se hissa un peu plus haut sur ses pattes palmées et, avec un autre coup, sa langue adhérente s'enroula autour de la poignée métallique et froide. Les pas devinrent assourdissants. La poignée tourna, lentement, avec un grincement. Gayoum imagina les gardes morts de rire en trouvant un crapaud se balançant à une poignée de porte avec sa langue. Le loquet se déclencha et, avec un élan, Gayoum roula dans la pièce, rembobinant sa langue du même coup. Les pas s'arrêtèrent devant la porte.

— Y a-t-il quelqu'un? demanda un garde.

Celui-ci tendit la tête dans l'entrebâillement et scruta la pièce sombre.

— Hé, tu sais si cette chambre est occupée? s'enquit le garde à l'intention de son compère. La porte était ouverte.

— Je ne sais pas! Ça n'est sûrement pas le

crapaud qui l'a ouverte ! ricana l'autre, sous-estimant l'adresse du batracien.

La porte se referma et les gardes s'éloignèrent en s'esclaffant.

Gayoum, tapi dans un coin, tournait et retournait sa langue endolorie dans sa gueule. Il continua son chemin, se faufilant entre les meubles. Un grand balcon offrait une vue splendide sur les deux îles siamoises. Il y avait un autre balcon plus loin, et c'est par la lumière qui filtrait dessus que Gayoum eut la certitude qu'il donnait sur la chambre d'Aurélie. Hélas, il n'y avait pas de passage entre ces deux balcons.

Gayoum sauta sur la balustrade et fut pris de vertige en voyant, plusieurs étages plus bas, des gardes fourmiller devant la porte d'entrée. Son seul moyen de rejoindre le balcon, c'était les têtes de rats sculptées qui ornaient la façade de la forteresse. Il y en avait trois : une souriante, une enragée et une sérieuse. Elles étaient affreusement distantes les unes des autres.

Il eut alors une vision d'horreur, s'imaginant plongeant vers le sol, et les gardes riant à gorge déployée au-dessus de son corps éventré. Il éloigna cette pensée morose et se concentra sur son élan.

«Je suis capable», s'encouragea le crapaud.

Et hop !

Il atterrit aussitôt entre les deux oreilles du rat souriant. Cela ne lui laissait toutefois pas beaucoup de place pour s'élancer de nouveau.

Hop !

Aïe ! L'oreille du rat enragé lui meurtrit le ventre.

Hop !

Gayoum faillit perdre patte, mais réussit à prendre place sur la tête du rat sérieux. Cependant, l'oreille sur laquelle il s'appuyait se détacha et chuta vers les gardes. Un tintement lui indiqua qu'elle avait percuté le casque de l'un d'eux. Le garde en question poussa un petit cri de surprise et pointa une lumière de reptilux vers le haut. Gayoum se colla au mur, essayant de se dissimuler.

— Qu'est-ce qu'il y a ?

— J'ai reçu quelque chose sur la tête.

— Regarde, il y a des débris de pierre sur le sol. On dirait qu'elle s'est détachée des sculptures d'en haut.

— Envoie quelqu'un vérifier ce qui se passe.

Vite ! Il n'avait plus le temps d'hésiter. Dès que le garde détourna le reptile lumineux, Gayoum s'élança dans les airs. Il se posa sur la bordure de la balustrade et tomba sur le balcon avec un claquement.

* * *

Aurélie, couchée en étoile sur le grand lit douillet, observait les tourbillons de nuages sur le plafond. Elle vivait clairement dans un conte de fées… Tout y était parfait et magnifique : des décors au festin, en passant par ce jeune roi charmant. C'était trop beau, elle ne voulait pas se réveiller.

Tout était si majestueux ! Cependant, au fond de son cœur, quelque chose l'agaçait et l'empêchait de s'abandonner à ce monde féerique. Ses pensées se portèrent sur l'homme-chat, seul dans sa cellule, immobilisé dans son carcan de bois. Elle ne se réjouissait même pas qu'il soit ainsi traité.

Et, surtout, il y avait cet affreux manque qu'elle ressentait, comme si elle avait perdu quelque chose… ou quelqu'un. Et Vorax semblait gentil, mais n'essayait-il pas de la manipuler ?

Elle abattit un gros coussin sur sa tête pour empêcher toutes ces questions troublantes de fuser. Puis un bruit étrange la sortit de sa torpeur. Elle rejeta le coussin en bas du lit et crut voir un crapaud effaré entrer par le balcon pour se faufiler derrière une commode. À ce moment, elle entendit frapper à la porte.

— Oui ? répondit-elle en l'entrebâillant.

Deux gardes firent irruption dans la chambre.

— Vous avez entendu un bruit suspect dehors ?

Un des gardes se dirigea vers le balcon et vérifia les sculptures de la façade ; l'une d'elles avait effectivement l'oreille cassée. L'autre garde inspecta la
pièce d'un œil scrutateur. Aurélie prit le coussin sur la
moquette et le tint devant elle, tel un bouclier, pour se
protéger de ces colosses.

— Non, je n'ai rien entendu.

— Et vous n'avez pas aperçu... euh... de crapaud non plus ?

— De crapaud ?

« Ah oui ! Le crapaud dont parlait Vorax », se
rappela-t-elle. Elle savait que le batracien qu'elle venait de voir était pourchassé, mais par instinct elle
décida de ne pas le dénoncer. Ce crapaud l'intri-
guait et elle croyait qu'il pourrait peut-être la ren-
seigner.

— Il y a... euh... un crapaud maléfique qui s'est
échappé du donjon. Il est... particulièrement vilain,
hésita le garde, inventant des histoires.

Aurélie haussa le sourcil, le regard aussi ironique
qu'interrogateur, devant ce grand homme-rat en
armure qui balbutiait comme un élève grondé par son
institutrice.

— Si vous le voyez, avertissez-nous… pria-t-il avant de refermer la porte derrière lui et son compère.

Elle resta quelques secondes immobile, puis se dirigea vers la commode, à côté de l'entrée du balcon. Le crapaud, écrasé entre le mur et le meuble, sursauta en la voyant.

— Je crois que tu vas pouvoir répondre à certaines de mes questions…

Elle le tira enfin de sa cachette.

* * *

Icare releva la tête et se tourna vers l'horizon qu'il apercevait au-dessus des hauts murs. Une étrange lueur attira son attention. Un petit nuage de lumières dansantes voguait dans la brise et s'approchait de cette partie de la forteresse. Lorsqu'il reconnut un groupe de lucioles, il fut clair que c'était lui qu'elles cherchaient. Elles transportaient un rouleau de papier soyeux ainsi qu'un morceau de métal informe. L'ange baissa les yeux pour s'assurer que le garde en bas ne voyait rien, mais sa tête reposant sur sa poitrine témoignait que l'homme-rat n'était pas aux aguets.

Les lucioles emplirent la cage d'une faible lumière verdâtre. Icare prit le message entre ses doigts.

Icare,

J'ai lu le dernier document sorti et je sais que vous êtes tous prisonniers des pirates. Depuis le début de cette mission, tu n'as cessé de te dénigrer et de croire qu'Il t'avait abandonné. Le seul qui t'ait abandonné, c'est toi-même. Cesse de t'apitoyer sur ton sort... Si tu agis en perdant, tu seras un perdant.

Il chiffonna le papier avec colère et le jeta au fond de la cage. Qui pouvait bien lui écrire des conneries pareilles! Il n'avait de leçons à recevoir de personne!

Les lucioles se précipitèrent sur la feuille en boule et la déplièrent avec patience. Icare allait leur crier de laisser tomber, mais elles tinrent résolument la feuille sous les yeux de l'ange buté.

Je sais qu'avec ton tempérament impétueux, tu as chiffonné cette lettre... Tu es fier et tu supportes mal de te faire dire tes quatre vérités. Mais sache que tu es un être extraordinaire qui remplit une mission extraordinaire. Et s'Il a décidé de t'envoyer, toi, pour aider Aurélie, c'est peut-être simplement parce qu'Il avait confiance en toi et qu'Il savait que tu étais celui dont elle avait besoin pour réussir sa quête.

Réfléchis à ça.
Aldroth

Icare soupira et baissa les yeux. La pièce de métal avait été déposée sur le sol de la cage. Il comprit qu'elle constituait son seul espoir de sortir de là. Il la prit entre ses doigts et se rendit compte qu'il pouvait la modeler comme il le voulait. Les lucioles tournoyèrent et firent pivoter la feuille pour lui montrer le verso.

P.-S. : Tu es un ange. Personne n'y peut rien.

Les lucioles s'envolèrent vivement, transportant la feuille dans le ciel nocturne, où commençaient à poindre les premières lueurs de l'aube.

— *Te'az ?* demanda Majira qui suivait la scène depuis le début.

— Ça, c'était le coup de pied au cul dont j'avais besoin !

16

— Au village emmuré, raconta Gayoum nous avons pris l'argent qu'Icare a gagné aux cartes et nous avons acheté des montures. Et c'est en nous rendant ici, à la forteresse noire, que nous avons été capturés par Vorax et sa bande. Je ne sais pas ce qu'il t'a fait, mais en revenant de ta phase de sommeil profond, il semble que tu aies oublié tout ce qui t'est arrivé.

Aurélie lui tournait le dos. Une main sur le front et l'autre sur l'estomac, elle analysait les parcelles de souvenirs qui lui revenaient à mesure que le crapaud lui exposait les événements.

— Si tu ne te rappelles pas, est-ce que tu me crois au moins ? insista-t-il.

Aurélie eut soudain la vision d'un grand homme aux cheveux noirs et au sourire moqueur et tendre.

De son dos jaillissaient de longues ailes déplumées. Il y avait aussi une femme, à la peau dorée et tatouée de bleu, dont les longues oreilles pointues se cachaient dans sa chevelure de jais. Elle brandissait un sabre avec grâce et fierté.

La jeune fille se tourna vers son conseiller le visage lumineux. Elle en était convaincue à présent ; l'histoire racontée par le crapaud s'enchaînait parfaitement avec ce qui se passait. De plus, elle faisait beaucoup plus confiance à celui qui se disait son confident de toujours qu'au mystérieux roi, qui semblait avoir une idée derrière la tête.

— Je ne me rappelle pas tout, mais je revois Icare jouer aux cartes et Majira battre les joueurs !

Le crapaud soupira de soulagement.

Aurélie continua de tourner en rond dans la pièce comme un lion en cage : Gayoum lui avait aussi annoncé qu'Icare et Majira étaient prisonniers et que l'ange avait perdu ses ailes.

— Quelle devait être la prochaine étape de notre quête ? L'île de l'homme-chat ? demanda la jeune fille.

Le crapaud acquiesça.

— Si je pouvais lui parler…

— À l'homme-chat ? Comment est-ce possible ? Tu sais où il est ? s'enquit Gayoum, étonné.

— Bien sûr ! Vorax l'a enfermé dans un des don-
jons, en guise de cadeau de bienvenue à sa reine… en
l'occurrence, moi !

— Il veut probablement s'approprier ton île !
devina Gayoum.

— Tu crois ? Alors ce beau rat tordu n'a pas entendu mon dernier mot !

Aurélie retomba vite dans son rôle de jeune aven-
turière, à la grande joie de Gayoum. L'adolescente reprit sa ronde étourdissante pour éclaircir ses pensées.

— J'ai une idée ! s'écria-t-elle.

Elle scruta la pièce et détacha une des corde-
lettes du pan de rideau qui donnait sur le balcon. Elle
souleva sa grosse jupe de tulle et noua le cordon doré
autour de sa cuisse. Elle prit ensuite le crapaud.

— Hé, que fais-tu ?

Elle lui enroula le reste de la corde tressée autour du corps. Lorsqu'il fut bien fixé sur l'extérieur de
sa jambe, Aurélie remit sa jupe en place.

— Je ne vois rien ! Je vais étouffer sous toutes ces
crinolines ! se plaignit Gayoum.

— Chut ! Accroche-toi et surtout, ne dis pas un
mot !

La jeune fille se planta devant la porte et hurla
d'une voix suraiguë :

— Quelle horreur ! Un crapaud ! Un crapaud !
Gayoum ravala sa salive.

La porte s'ouvrit à la volée, et deux gardes s'élancèrent dans la pièce, aux aguets, tels deux chiens de chasse à la poursuite d'un lièvre. La capture du précieux crapaud leur vaudrait sans doute une grande récompense. Ne voyant point la bestiole au premier abord, ils se tournèrent vers Aurélie.

— Où l'avez-vous aperçu ?

— Il est parti du balcon et il a traversé la pièce pour se réfugier sous le lit. Il est peut-être derrière la commode…

Tandis que les gardes commençaient à fouiller la chambre, elle se dirigea vers la porte.

— Je vais vous attendre dans le corridor… J'ai trop peur des crapauds, déclara la jeune fille.

— Bien sûr… marmonna un soldat sans la regarder, trop occupé à chercher son butin.

Aurélie referma la porte et se mit à courir dans les couloirs de la forteresse. Elle sentit le crapaud s'agripper à elle. Si sa grosse robe gênait sa course, elle dissimulait au moins Gayoum avec efficacité. L'adolescente s'orienta à l'aide des tapisseries qu'elle avait aperçues auparavant, et se dirigea vers le donjon. La nuit s'achevait et les corridors étaient déserts, car la majorité des gardes affectés à la poursuite du crapaud semblaient avoir abandonné la partie. Trouver un batracien dans une aussi grande forteresse relevait de l'exploit. Aurélie put donc circuler, sans contraintes, sur cet étage du bâtiment où il n'y avait que deux pièces gardées : sa chambre et le donjon. Et, comme elle s'y attendait, un garde se tenait droit avec le torse bombé devant la porte de métal qui enfermait l'homme-chat.

« Ce doit être le seul à ne pas dormir au poste », pensa-t-elle avec agacement. Comment pouvait-elle passer le pas de la porte ? Elle se ressaisit et affiche un air sûr en se dirigeant vers l'homme-rat zélé.

— Holà, mademoiselle ! Qu'est-ce que vous faites ici ?

— Je veux voir l'homme-chat !

Sa voix déterminée ne reflétait aucunement la terreur qu'elle ressentait.

— Le roi Vorax a donné la consigne de ne laisser entrer personne sans sa permission. Je suis désolé, récita le garde d'un ton machinal.

— Vous savez que ce soir Vorax m'a demandé de l'épouser ?

— Euh… non, félicitations, mademoiselle !

— Vous savez quel titre je recevrai ?

— Euh…

— La reine de ce royaume. Je pourrai donc inventer une histoire à votre sujet et Vorax vous enverra casser de la roche dans le désert ! promit Aurélie, brandissant un doigt menaçant sous le long nez du rat.

— Je…

— Mais si vous êtes gentil, j'encouragerai Vorax à vous accorder une promotion. Alors, quel est votre choix ? demanda-t-elle en croisant les bras.

La sueur commençait à perler sur le front de l'homme-rat.

Avec un petit grognement, le garde prit le trousseau de clefs qui pendait à sa ceinture et déverrouilla la porte pour laisser passer Aurélie, qui retenait sa jubilation.

— Merci… Euh… C'est tout à votre avantage.

— Faites vite, sinon je servirai de pic pour fendre la roche ! gueula le rat.

Elle se tourna vers lui, le regard furieux. Le rat s'inclina pathétiquement devant la jeune fille qui entra en levant le nez.

La porte se referma avec un bruit métallique. Le regard d'Aurélie fouilla la pénombre et ses yeux se posèrent sur l'homme-chat, toujours captif. Son pelage gris se teintait de plaques écarlates par endroits, signe des mauvais traitements reçus par les gardes.

— Tu as été géniale, Aurélie ! Nous y sommes ! coassa Gayoum en se dégageant de ses liens.

Il sortit des jupons de l'adolescente et eut la même réaction craintive qu'elle en apercevant la bête blessée. La respiration rapide d'Aurélie rompait le silence lourd qui régnait dans le donjon. L'homme-chat tourna la tête pour fixer la jeune fille de son œil luisant.

— Sorcière, souffla-t-il d'une voix éteinte.

* * *

— Ce n'est pas si facile que ça ! Quelle sorte de reine tyrannique vas-tu faire si tu n'arrêtes pas de rouspéter comme ça ! s'impatienta Icare en modelant et remodelant la pièce de métal qu'il avait reçue des lucioles.

Majira poussa un soupir exaspéré et tendit la main en dehors de la cage pour récupérer le matériau. Il leva les yeux au ciel et lui remit la pièce informe.

— *Alasto, moor ita !*

Elle lui montra son œil, puis pointa la serrure de sa propre cage, pour lui signifier d'être attentif.

— Tu ne seras pas plus capable que moi, bouda l'ange, les bras croisés.

— *Moor !*

Elle roula le métal en long, comme un saucisson de pâte à modeler. Ensuite, elle l'introduisit dans la fente de la serrure en forçant le matériau à boucher le trou. Elle pinça enfin le bout, pour former une sorte de loquet. Puis elle recula et attendit.

— Qu'est-ce qu'il y a ? Tu ne l'as pas cassé au moins ? s'énerva Icare.

Majira leva son index pour lui indiquer d'attendre et de se taire.

— Toutes des mégères ! grogna-t-il.

Pendant les dix minutes qui suivirent, il marcha en rond dans sa cage exiguë. Majira attendait, un demi-sourire aux lèvres devant l'impatience de l'autre prisonnier. Elle se décida, enfin, à tester le résultat de son passe-partout improvisé. La pâte métallique avait durci. Elle tourna le bout plat entre ses doigts et le déclic tant espéré se fit entendre.

— Ça alors ! Je n'y crois pas !

Majira tira sur cette clef et la façonna entre ses mains en une boule informe qu'elle remit à Icare. L'ange répéta le même rituel que la Pershir et, finalement, le verrou de sa cage céda.

— Majira, je t'en dois une !

Il prit la clef et la remit en boule avant de la glisser dans sa poche. Il regarda autour de lui et conclut que le meilleur moyen de sortir de sa prison sans se casser la figure était de rejoindre l'escalier. Il vérifia que le garde en bas ronflait toujours et commença à faire balancer la cage.

Lorsque la cage, se berçant d'un côté et de l'autre, atteignit sa hauteur maximale, Icare plia les genoux, prêt à sauter. Il lâcha les barreaux et s'élança. Majira se mordit la lèvre pour ne pas crier. Icare atterrit brutalement. Trébuchant et déboulant quelques marches, il fut arrêté dans sa chute par le mur.

— Aïe !

Il secoua la tête pour reprendre ses esprits et ouvrit grand les bras pour inviter Majira à l'imiter. Avec de gros yeux, elle fut tentée de refuser. Mais, considérant que c'était sa seule chance de ne pas finir comme créature exotique chez un collectionneur pervers, elle pinça les lèvres et commença à faire balancer sa cage. Elle profita de cet élan pour se jeter dans le vide. Icare la reçut dans ses bras et ils roulèrent un peu plus bas dans l'escalier.

— *Naki !* souffla la Pershir.

La cage, cependant, dans un mouvement désordonné causé par la poussée de Majira, heurta l'autre cage. Le vacarme résonna dans l'enclave, ce qui eut pour effet de réveiller le garde en sursaut. Celui-ci se mit sur pied d'un bond et écarquilla les yeux en découvrant les cages vides, aux portes ouvertes. Il se tourna vers l'escalier pour recevoir le poing d'Icare sur le nez.

— C'est à ça que ça sert, un casque, stupide muridé !

L'homme-rat s'effondra sur le sol. Icare tendit l'épée du garde à Majira et tenta d'enlever la volumineuse armure qu'il portait. La Pershir l'interrogea du regard.

— Je vais me déguiser pour passer inaperçu.

L'air fâché, Majira se frappa le torse du plat de la main et brandit l'épée.

— Ne t'inquiète pas, je ne te laisserai pas te battre seule. On trouvera un costume de zouave pour toi aussi. Pour l'instant, aide-moi !

Majira étira les bras du rat pendant qu'Icare glissait la coquille de cuir recouverte de plaques métalliques au-dessus de sa tête. C'est dans cette fâcheuse position qu'ils furent surpris par un cri.

— Hé ! lança un garde, arrivant avec précipitation.

L'ange tint l'armure en guise de bouclier. L'épée du garde la percuta avec un tintement. Le rat balançait sa lame de toutes ses forces et Icare avait de la difficulté à ne pas céder sous l'intensité des coups.

— Majira ! cria-t-il.

Mais, du coin de l'œil, il se rendit compte que le garde sans armure s'était relevé et assaillait la jeune Pershir qui tentait de le tenir en respect en brandissant l'épée. « Ces rats sont trop rapides et résistants », pensa l'homme ailé, qui finit par tomber sur le dos, projeté par un violent coup. Les assauts continuaient de pleuvoir et il reculait en tâtant le sol pour trouver un objet à lancer. Tandis que le rat relevait son arme pour se donner un élan, la main d'Icare se posa sur un petit tas de sable qu'il lança aux yeux du rongeur sans hésitation. Le garde, aveuglé, hurla de douleur.

Majira remontait l'escalier, intimidée par le rat enragé qui se tenait devant elle. Elle balança la lame imposante qui stria la large poitrine d'un trait sanglant. L'homme-rat grogna et tenta de saisir l'épée. Majira la retira d'un coup sec et il regarda, surpris, sa main blessée. Certain à présent qu'il ne viendrait pas à bout de son adversaire, il entreprit de redescendre l'escalier. Majira se jeta sur lui avec un coup de pied spectaculaire qui l'envoya, inconscient, rouler sur le sol.

L'ange jeta une autre poignée de sable au rat devant lui qui continuait à frapper sur son bouclier de fortune. Cela ne le rendit que plus agressif. Icare commençait à manquer de moyens et son armure-bouclier, complètement bosselée, allait bientôt céder. Désespéré, il chercha une pierre à lancer. Ses doigts touchèrent un objet métallique à la forme familière. Il reconnut, en tâtant, la poignée de sa Volonté. Il sourit et reprit courage.

— Alors là, mon vieux, tu viens de signer ton arrêt de mort !

L'ange agrippa le pommeau de l'épée cassée qui brilla de son étrange lueur verte avec une nouvelle intensité. En partant de la garde, des tentacules de lumière tournoyèrent autour de son avant-bras pour donner naissance à une nouvelle lame encore plus imposante qu'auparavant. C'est avec confiance qu'Icare bondit sur ses pieds pour assener un grand coup sur l'épée de l'homme-rat ébloui. À la stupéfaction du rat, la lame métallique vola en morceaux. Tenant la Volonté devant lui, Icare accula le malheureux au pied du mur, la pointe appuyée sur la gorge duveteuse du rongeur.

— Pitié ! lâcha-t-il, haletant.

— Donne-moi ton armure !

Le rat obéit et Majira hérita de cette carapace trop grande.

— Tu aurais besoin de bourrure, mais ça ira.

Icare se tourna ensuite vers l'homme-rat dénudé et l'assomma pour le mettre hors d'état de nuire.

L'ange enfila l'armure à la poitrine bosselée, puis ils glissèrent les énormes casques sur leurs têtes et se dirigèrent à l'avant de la forteresse. Avant de passer le tournant fatidique de la bâtisse, Icare posa la main sur l'épaule de Majira.

— Tu es prête ?

— *Alasto na san !*

Et elle leva l'épée pour appuyer ses paroles. « Maintenant ou jamais », pensa l'ange en la suivant.

1 7

— Approche ! grogna la bête enchaînée.

Aurélie ravala sa salive et, terrorisée, avança à petits pas en traînant ses souliers à la poulaine sur le sol
poussiéreux. Gayoum, hésitant, sautillait à ses côtés.
L'homme-chat remua dans son étau de bois et l'adolescente arrêta net son progrès.

— Je ne peux te faire de mal dans mon état !
marmonna-t-il, cynique.

Aurélie marcha encore un peu, mais préféra garder une certaine distance entre elle et le monstre de son
cauchemar. Le silence était lourd entre ces deux adversaires qui s'étaient si longtemps tourmentés.

— Tu as l'air moins maligne que dans mon souvenir, sorcière…

— De mon côté, rien n'est changé, souffla-t-elle,

toujours intimidée. Qu'est-ce qui me prouve que je peux avoir confiance en toi?

— Mis à part le fait que c'est moi qui suis attaché?

— Bon, j'ai compris, concéda la jeune fille en s'approchant.

Elle s'accroupit devant lui et scruta son regard. Le ton de cette conversation eut pour effet de la rassurer quelque peu. Cet œil ambré laissait deviner un semblant d'humanité qui n'avait rien à voir avec la chimère qu'elle redoutait tant. Elle éprouva même de la pitié à la vue de son pelage ensanglanté et de ses liens trop serrés.

— Est-ce que tu as compris quel était le plan de Vorax? demanda le prisonnier.

— Je crois en avoir une idée, mais, en me plongeant dans un sommeil profond, il m'a fait oublier beaucoup de choses…

— Il a commencé par envahir doucement mon île, il y a de ça longtemps. Les pirates agissent ainsi et ont le don de passer inaperçus tout en pillant les souvenirs précieux des grandes bibliothèques. C'est pour cette raison qu'il y a bien des souvenirs chers que nous perdons avec le temps et de beaux rêves que nous cessons de faire. Lorsqu'ils en prennent trop, notre île peut se transformer en un désert. La mienne est en train de le devenir…

Aurélie fut fascinée par la logique de ce qu'il lui racontait. L'homme-chat toussota et reprit son récit.

— Traditionnellement, les pirates se contentaient d'errer sur les océans, d'île en île, pour voler et revendre des choses précieuses. Mais Vorax, le nouveau roi, est bien plus ambitieux et souhaite fonder le plus grand port de pirates du monde imaginaire. Quand j'ai senti que mon monde se désagrégeait et devenait peu à peu un enfer, j'ai décidé d'enquêter. Au même moment, Vorax, avec ses idées de grandeur, a voulu étendre son royaume. Ainsi, il a décidé d'acquérir une île située anormalement proche de la mienne…

Les pièces du casse-tête commençaient à s'assembler dans la tête d'Aurélie.

— C'est alors qu'il a entrepris la construction de cette énorme forteresse qui servait aussi de barrage. L'eau de la mer s'est retirée et nos deux îles se sont retrouvées soudées. C'est donc dans ton île que je suis arrivé lorsque j'ai voulu comprendre ce qui ravageait la mienne. J'ai immédiatement cru que tu étais mon ennemie…

— Et moi, je savais que tu n'étais pas une bête de cauchemar ordinaire… Tu étais beaucoup trop acharné !

— J'ai bien essayé de t'attraper. Non seulement ce fut impossible, mais ça a donné lieu à une catastrophe !

Aurélie baissa les yeux, saisissant son allusion à l'œil qu'elle lui avait crevé. Elle rassembla son courage et posa la main sur sa grosse patte velue.

— Je suis désolée, je ne savais pas…

— Nous avons été victimes d'une manigance, petite sorcière. Dans ma réalité, je n'ai pas perdu mon œil, mais je suis devenu aveugle. Je n'avais plus la vision perçante qui me caractérisait. Peu à peu, je devenais inutile…

— Et moi, je n'arrivais plus à dormir ni à être attentive à l'école, compatit la jeune fille.

— C'est parce que je t'ai pris ce qui était le plus important pour toi aussi…

— Ma clef ?

— Bien sûr ! En ayant ta clef, je pouvais toujours m'immiscer dans ta vie. J'ai volé ton intimité, ton monde imaginaire. À présent que chacun de nous s'est approprié ce que l'autre a de plus important, nos mondes sont encore plus embourbés…

— Quelle est donc la solution ? s'enquit Gayoum, qui prenait la parole pour la première fois.

— Je dois récupérer mon œil. C'est à ce moment que je te redonnerai ta clef, sorcière.

Aurélie se leva et réfléchit.

— Il est dans ma boîte d'émail… dans ma chambre.

Elle se mit à tourner en rond, une main appuyée sur le menton pour aider sa concentration. Comment retournerait-elle dans sa chambre ? Elle se rappela que c'était par là qu'elle avait accédé à ce monde imaginaire. Elle creusa son esprit pour se remémorer le début de son rêve : elle se levait de son lit et, en ouvrant la porte, se retrouvait dans un hall lugubre… L'homme-chat avait volé son intimité ! Voilà pourquoi sa chambre donnait dans son château !

— Ma chambre se trouve dans ton château ! s'écria-t-elle.

— Je sais, c'est pour cela que j'ai dû subir tes incursions chaque nuit…

— Comment puis-je me rendre dans ton château ?

— Je ne sais pas, mais tu dois te dépêcher, car la nuit s'achève…

Un rayon de lumière dorée filtra par l'unique meurtrière qui éclairait cette pièce, ce qui confirma les paroles de l'homme-chat.

— En attendant, je vais essayer de vous délivrer.

L'homme-chat sourit, surpris de la confiance que lui démontrait la jeune fille.

— Comment comptes-tu t'y prendre ? ironisa-t-il.

Aurélie fit le tour de l'installation de bois et constata qu'en plus de l'étau, de lourdes chaînes de fonte reliaient ses pieds à un anneau coulé à même le sol de pierre. Elle soupira.

— Je vois… Je n'ai rien sur moi qui servirait et je ne crois pas pouvoir convaincre le garde de vous laisser partir !

On frappa alors sur la grosse porte et Aurélie réalisa que son temps avec le prisonnier était écoulé.

— Je dois partir… Je ne veux pas que Vorax me trouve ici !

Elle s'avança et prit la patte de l'homme-chat entre ses mains pour tenter de le réconforter.

— Mon nom est Aurélie et je vous garantis que je ferai tout pour récupérer votre œil. Tout rentrera dans l'ordre avant la fin de la nuit !

Il sourit, reconnaissant devant la détermination qu'affichait la jeune fille.

— Mon nom est Nofrig.

Le garde tambourina sur la porte de nouveau et l'adolescente se dépêcha vers la sortie. Elle prit soin de remettre Gayoum sous ses jupes.

— Sachez que, dans mon monde, je suis un être inoffensif…

Aurélie, avant de s'éclipser, se tourna vers lui et d'un sourire resplendissant, lui répondit :

— Moi aussi ! Je n'ai absolument rien d'une sorcière en tout cas !

Dès que la porte se referma avec un bruit de métal lourd, l'homme-chat laissa retomber sa tête, en signe de découragement. Il ne croyait pas que la jeune fille puisse réussir un exploit pareil. À présent, il était convaincu que c'était Vorax l'ennemi et non elle. Désormais, elle serait même son alliée. Sa seule alliée.

* * *

Sa Volonté à la main, Icare avançait nerveusement, mais gardait néanmoins confiance. Il essayait d'oublier que Majira et lui étaient seuls face aux deux cents gardes de Vorax. Après tout, cette meute de rats humanoïdes ne semblaient pas très futés…

Il prit une grande respiration avant de tourner le prochain coin du bâtiment sombre. La Pershir le suivait toujours, même s'il percevait la terreur qu'elle ressentait dans son souffle haletant.

— *Koshi !* murmura-t-elle.

« Courage ! » comprit-il.

De l'autre côté du mur, des chevaux à vapeur s'entassaient dans des enclos étroits. Certains piaffaient tandis que d'autres buvaient de l'eau. Tout était calme. Des gardes se tenaient à côté, et discutaient tranquillement, se passant une flasque d'eau-de-vie. Ce soir-là avait eu lieu une fête après la capture de prisonniers aussi récalcitrants.

« Vous aurez la surprise de votre misérable vie, mes potes ! » pensa Icare en serrant un peu plus fort son arme.

Majira indiqua les écuries du doigt et haussa les épaules. L'ange hocha la tête. Sur la pointe des pieds, ils marchèrent vers les chevaux qui les fixaient d'un air indifférent. Du coin de l'œil, un des gardes détecta le mouvement et les salua de la main. Icare s'arrêta net et renvoya un signe à l'homme-rat. Majira, inattentive, fonça dans son compagnon qui vacilla dans un bruit de métal froissé. Elle regarda Icare, avec des yeux exorbités, et porta une main à sa bouche. Le petit groupe de gardiens hurla de rire et l'un d'eux leva sa flasque à la santé de ceux qu'il croyait être des compères ivres.

Ils continuèrent leur chemin, poussant la supercherie un peu plus loin. Icare sortit deux chevaux des enclos et aida la Pershir à prendre place sur une bête. Elle s'affala dessus et Icare grimpa à son tour sur un majestueux étalon mécanique. Il le dirigea vers la sortie tout en s'assurant que Majira était derrière lui.

— Hé, où vas-tu ? Il n'y a pas de presse pour se remettre au boulot ! lança un des hommes-rats à la porte de l'étable.

— Ne commence pas à faire du zèle… De quoi on va avoir l'air, nous ? réprimanda un autre, accompagnant ses paroles d'un gros rire gras.

L'ange se força à rire, lui aussi, profitant de l'hilarité générale pour réfléchir à sa réponse.

— Vorax… Euh… Il a l'intention de rendre visite à des habitants de l'île, ce matin.

— Si tôt que ça ? s'étonna un rat.

Icare haussa les épaules et sentit la sueur dégoutter de son front.

— Je ne sais pas, il nous a ordonné de nous préparer.

— Il a l'air prêt à ton avis, celui-là ? s'esclaffa un autre en désignant la Pershir qui faisait semblant de dormir sur son cheval.

Les ricanements des rats ivres fusèrent de nouveau. Icare en profita pour avancer sa monture en tirant sur la bride de Majira.

Il était convaincu qu'il avait passé l'épreuve quand un des gardes remarqua :

— Hé, où sont tes oreilles ?

Icare s'arrêta et posa les mains sur son casque pour constater qu'effectivement, les oreilles des hommes-rats dépassaient chaque côté et que des fentes étaient prévues à cette intention.

— Remets ton casque comme il faut, sinon tu vas avoir des crampes !

— Ouais… Euh… Merci !

Il allait repartir quand un cri le fit sursauter. C'était un des gardes qu'ils avaient dépouillés de leur armure qui arrivait en courant.

— Hé, arrêtez-les ! Ce sont les prisonniers qui s'enfuient !

Les gardes de l'écurie ne prirent qu'une seconde pour réagir. Épée à la main, ils se ruèrent vers les deux imposteurs. Majira se releva et fit voler le casque de l'un d'eux. Le coup de pied qui suivit envoya l'homme-rat rouler sur le sol dur.

Icare dégaina la Volonté. Elle brillait tant qu'elle en était aveuglante. Les rats cillèrent devant ce rayon éblouissant, ce qui permit à l'ange de leur balancer quelques coups. La force avec laquelle il frappait ses ennemis les réduisit vite à l'impuissance. Bientôt, les trois gardes étaient désarmés et se lamentaient. Des morceaux de métal, provenant des lames éclatées, jonchaient le sol.

Le rat sans armure, qui observait la scène avec angoisse, leva finalement les bras au-dessus de sa tête, pétrifié par la peur. Icare descendit de sa monture et prit l'oreille d'un des rats inconscients. Puis il leva son épée bien haut. Majira cria.

— On a besoin d'oreilles pour passer inaperçus !

La Pershir glissa ses doigts dans les fentes du casque et fit pointer ses oreilles dehors.

— Bon, fais comme tu veux ! Moi, j'en ai besoin !

Icare ne raffolait pas de l'idée de trancher des oreilles mais, d'un coup sec, il coupa le cartilage du crâne du garde. Le rat gémit, puis retomba, évanoui. Le sang se mit à couler et l'ange grimaça de dégoût. Le rat avait une drôle de tête à présent. Pour ne pas être trop cruel, il coupa l'oreille gauche d'un autre rat.

Majira le regardait avec un air de reproche.

— Ainsi, on sera quittes pour les ailes, commenta-t-il, tentant de se déculpabiliser.

À l'aide de morceaux de cuir pris sur la bride de son cheval, il fixa les grandes oreilles rondes au casque. À présent, avec son visage dissimulé, il pourrait être confondu avec les autres gardes. Il enfourcha sa monture sans accorder de regard à sa compagne qui continuait de faire la moue. Le rat sans armure les observa partir en pleurant comme un enfant épouvanté.

Le chemin, qui contournait la forteresse, déboucha sur une large place qui offrait une vue périphérique de la tranchée entre les deux îles. L'entrée imposante de la forteresse bordait cette esplanade de pierres taillées. Icare remarqua, avec un frisson, que la façade de la tour était ornée de milliers de têtes et de statues de rats. L'aurore marqua le début des activités de la journée et plusieurs gardes s'affairaient déjà devant la bâtisse ornementée. Des chemins reliaient le parvis à chacune des deux îles.

Majira tira l'ange par le bras pour le ramener dans la pénombre. Elle lui montra le chemin qui menait à l'île d'Aurélie.

— Quoi ? Tu veux partir ?

La Pershir ouvrit grand les bras, puis fit semblant de feuilleter un livre. Même si Icare ne comprenait presque rien lorsqu'elle s'exprimait, il commençait à saisir le sens de ses paroles.

— Tu veux te rendre à la Grande Bibliothèque ?

Elle posa la main sur son épée. Il fallait protéger la Grande Bibliothèque. Les pirates voulaient s'approprier l'île d'Aurélie. Ils allaient probablement la dévaliser, et peut-être même la brûler pour anéantir tous les souvenirs de la jeune fille.

— Mais tu es seule…

Elle lui fit signe de ne pas s'inquiéter et souleva son casque pour lui donner un doux baiser. Puis elle éperonna son cheval à vapeur, qui laissa échapper une brume de ses naseaux, et partit au galop en direction de la Grande Bibliothèque.

En la voyant s'éloigner, Icare sentit son cœur se serrer. Il espérait qu'elle réussisse, car il voulait la revoir. Puis il repensa à Otodux, qui était à sa recherche en ce moment même, pour le provoquer en duel. Un autre problème qu'il faudrait résoudre, en temps et lieu.

Il porta son regard sur l'énorme bâtisse noire et s'avança, le souffle court, vers le groupe qui y montait la garde.

* * *

Aurélie repassait dans sa tête tout ce que lui avait révélé Nofrig, l'homme-chat, en revenant vers sa chambre. Elle jeta à peine un regard au soldat qui l'attendait avec impatience de l'autre côté de la porte lorsqu'il lui demanda quelle serait sa promotion.

— Tu ne casseras pas de la roche dans le désert, ce sera ça, ta promotion ! lança-t-elle, d'une moue dégoûtée.

Le rat se contenta de grogner. Il aurait eu bien envie d'étrangler la jeune fille, mais elle était trop précieuse aux yeux de son roi. Aurélie partit d'un pas rapide vers sa chambre. Comment se rendrait-elle au château de l'homme-chat avant la fin de la nuit ?

En passant devant une large tapisserie à l'effigie des pirates, elle entendit des voix s'approcher. Elle reconnut Vorax.

— Est-ce une rumeur ou est-ce fondé ?

Il vociférait et semblait très mécontent.

— Non, sire. C'est la triste vérité. Les deux prisonniers se sont échappés de leurs cages.

Vorax hurla.

— Comment puis-je bâtir un empire avec des incompétents comme vous !

Icare et Majira s'étaient sauvés ! Aurélie se précipita vers sa chambre. En la voyant réapparaître, les deux gardes qu'elle avait semés plus tôt poussèrent un soupir de soulagement.

— Mademoiselle ! Où diable étiez-vous ?

Un des soldats l'attira dans la chambre et ajouta :

— Soyez rassurée : si le crapaud était dans cette pièce, il n'y est plus.

Les deux gardes quittèrent les lieux et la porte claqua derrière eux.

Gayoum sortit de sa cachette. Aurélie tournait encore en rond dans la pièce. Elle savait que Vorax viendrait bientôt dans sa chambre pour s'assurer qu'elle n'avait pas été délivrée par l'ange et la Pershir en liberté. Elle alla s'appuyer sur la balustrade du balcon mais, voyant un garde traverser l'esplanade sur son cheval mécanique, elle conclut que le parvis était trop bas et trop bien gardé pour qu'elle puisse s'évader par là.

— Même si je me fabriquais une corde avec les draps, ils ont des cavaliers dehors qui me rattraperaient aussitôt descendue ! maugréa Aurélie en se remettant à arpenter la pièce.

— Arrête de tourner, tu vas creuser la moquette ! coassa Gayoum.

— Tu as une solution, toi ?

Elle se posta devant le miroir. Des voix filtraient à travers la porte. Vorax allait faire irruption d'une minute à l'autre. Un garde serait probablement affecté à sa chambre pour veiller à ce qu'elle ne puisse plus bouger. C'est alors que le miroir se liquéfia sous ses yeux. Son reflet fondit et des remous animèrent la glace.

— Qu'est-ce qui se passe ? souffla Gayoum.

Le cœur d'Aurélie battit la chamade.

— J'ai déjà vu ça…

Où avait-elle déjà vu ce miroir encadré de plumes ? Elle ne se rappelait plus, mais elle se mit à songer au voyage qu'elle avait effectué, par le miroir de sa chambre, au début de son rêve. Et si c'était ça, son pouvoir ? M. Chang lui avait révélé qu'elle développerait des pouvoirs dans ses rêves. Peut-être que cette capacité de voyager était sa Volonté à elle ?

Aurélie entendit Vorax fulminer. Il ne lui restait plus de temps.

— Je devrais me cacher ? demanda Gayoum, nerveux.

La jeune fille se pencha et le prit dans ses bras.

— Gayoum, tu as confiance en moi ?

— Bien sûr ! Mais…

La poignée tourna. Aurélie recula un peu et planta son regard dans l'orage qui se dessinait à présent entre les grosses plumes d'autruche. Vorax ouvrit la porte et la salua avec son charisme habituel.

— Je vous dérange, mademoiselle Aurélie ?

La jeune fille, sans se tourner, fonça droit dans le tourbillon noir qui se creusait au fond de la glace. Le roi n'eut que le temps de la voir disparaître.

— Aurélie, non ! glapit-il.

Il tenta de la poursuivre, mais le vortex s'estompa rapidement et il se frappa contre le miroir qui éclata en mille morceaux. Abasourdi, Vorax se releva et constata, en voyant ses bras meurtris, qu'il était toujours dans la même chambre. Il rejeta alors la tête en arrière et hurla de rage.

18

Icare continua de progresser sur l'esplanade, guidant sa monture d'un pas qui pouvait sembler nonchalant mais qui, en réalité, masquait l'incertitude. Il devait sans cesse retenir le cheval-engin qui, immanquablement, voulait aller plus vite. Il prit son temps pour examiner chacun des gardes qui se tenaient devant l'immense bâtisse en obsidienne. Même le soleil levant ne réussissait pas à estomper l'aspect sinistre des visages grimaçants qui décoraient la façade. Il savait qu'il ne parviendrait pas à ses fins par la force, mais plutôt par la ruse.

Il inclina la tête pour saluer le groupe qui lui rendit son signe.

— Qu'est-ce que tu fais à cheval si tôt ?

— Vorax m'a ordonné de me préparer à rendre visite à des habitants de l'île, raconta-t-il.

— Ah? Je n'en ai pas entendu parler… Mais si tu le dis.

Icare haussa les épaules, agacé.

— En passant, tu as du sang sur l'oreille.

L'ange porta sa main gantée à son oreille. Il trouva le silence qui suivit pesant et long. Il ne savait ni quoi faire ni quoi dire. Les rats ne semblèrent pas percer son jeu, ils paraissaient trop fatigués et inattentifs. Icare se décida enfin à descendre de sa monture.

— Je devrais peut-être vérifier si le roi a besoin de moi, grommela-t-il en rassemblant son courage.

Il gravit le large escalier sous l'œil indifférent des gardes. C'était trop facile. Il allait franchir la haute porte quand un hurlement de rage lui parvint. Il se tourna vers les autres gardes qui, eux, portèrent leur regard vers les hauts balcons de la forteresse.

— Qu'est-ce qui se passe? s'inquiéta-t-il.

— Je ne sais pas. Ça semblait être Vorax.

— Ça venait de la chambre de la demoiselle, lança le plus petit des rats qui pointa dans cette direction.

Non! Pas Aurélie! Faites qu'il ne lui soit rien arrivé!

Un homme-rat, grand et mince, aux habits de

valet, ouvrit les portes d'entrée à la volée et, à bout de souffle, s'écria :

— Elle a disparu ! Mlle Aurélie a disparu !

Icare se précipita sur le valet et le secoua par les épaules.

— Que voulez-vous dire ? Où a-t-elle disparu ?

— Elle s'est évaporée ! En fumée ! Le roi Vorax la rejoignait dans sa chambre quand elle a été happée par le miroir !

— Est-ce que ça signifie qu'elle s'est réveillée ? demanda un des gardes.

— Non, elle n'est pas réveillée, mais nous n'avons aucune idée où elle peut être !

— Qu'est-ce…, commença un homme-rat.

Il s'interrompit en entendant les vociférations de Vorax qui descendait le gros escalier rond qui menait à l'aile nord de la forteresse. Le roi, défiguré par la haine et la rage, apparut sur le parvis. Il prit la parole en essayant de rester digne et de garder le contrôle de la situation.

— Il semble que la jeune fille ait des dons que nous ne soupçonnions pas…

— Comment comptez-vous réagir, sire ? interrogea Talak, nerveux.

— Étant donné que nous ne pourrons proba-blement pas la trouver ni dans son île ni dans celle de

Nofrig, nous devrons utiliser la force… Nous irons brûler sa Grande Bibliothèque.

Cette phrase tomba comme un coutelas. Le murmure des gardes cessa. Icare retint son souffle. « Qu'est-ce que je suis censé faire ? » se demanda-t-il, désespéré.

Vorax donna des consignes, à droite et à gauche, ordonnant à certains de préparer les chevaux, et à d'autres, de revêtir leurs armures les plus solides. La guerre était déclarée. Icare resta à l'écart, tentant de penser à une solution.

À quel endroit Aurélie pouvait-elle se trouver ? La prochaine étape de leur quête, avant leur capture par les pirates, devait se situer dans l'île de l'homme-chat. C'est là qu'ils devaient obtenir de précieux renseignements sur l'œil mystérieux que la bête voulait récupérer. Peut-être devait-il poursuivre dans cette direction ? Majira était déjà partie depuis un bon moment vers la Grande Bibliothèque et allait certainement y parvenir avant les rats. Il avait de la difficulté à croire qu'elle et Aldroth défendraient à eux seuls la précieuse salle d'archives. Cependant, il choisit de faire confiance à la Pershir qui connaissait mieux les règlements de ce monde de fous que lui.

De plus, ce maudit œil-de-chat devait être récupéré, tôt ou tard. Car si l'adolescente ne mettait pas la main sur cette pierre avant de se réveiller, sa quête prendrait fin et tout serait à recommencer.

Qui sait? Peut-être Aurélie avait-elle trouvé le moyen de s'évader pour explorer l'île voisine. Il fallait absolument qu'il enquête du côté de l'île de l'homme-chat.

Il sortit de la foule d'hommes-rats et monta sur son cheval. Vorax examinait une carte et hochait la tête aux conseils de son bras droit qui lui traçait le parcours à suivre. Plusieurs gardes fourmillaient autour d'eux, attendant qu'on leur donne leurs instructions. Icare guida sa monture vers le nord et, à coup de talons sur les flancs de la bête mécanique, se dirigea au petit trot dans cette direction. Vorax l'interpella :

— Hé, où vas-tu, toi?

L'ange s'arrêta et prit une grande inspiration. «Sac à plumes! Qu'est-ce qu'il veut encore?» Il se tourna vers le roi et répondit :

— Je vais avertir les gardes de l'entrée nord…

— Bonne idée!

Et le roi le chassa d'un signe de la main. Icare partit au galop, fier de lui.

— Sire, aucun garde n'a été mis en poste à la porte nord cette nuit! affirma Talak.

Vorax se tourna et mit ses mains en porte-voix pour avertir le cavalier qui s'éloignait rapidement sur la place. Il lui cria plusieurs fois d'arrêter, pourtant le garde à cheval ne se retourna pas.

Le chef des hommes-rats vit le cavalier disparaître derrière le mur et, sans plus s'en préoccuper, retourna son attention sur le plan que lui montrait Talak. Bien vite, cependant, les cris des hommes-rats partis à l'écurie attirèrent son attention.

— Sire ! Sire ! Il y a eu un massacre à l'écurie !

— Les prisonniers des cages se sont évadés, ont volé les armures de deux gardes et ont pris deux chevaux !

— On a aussi coupé une oreille à deux gardes !

Vorax, surpris par ces nouvelles, jeta le plan sur le sol et jura. Il leva un regard empreint de démence sur les cavaliers qui venaient d'arriver.

— Comment est-il possible qu'un ange et une Pershir s'évadent d'une forteresse gardée par deux cents hommes-rats armés jusqu'aux dents ?

Il n'avait pas élevé le ton mais sa voix tremblait de fureur.

Les gardes ne répondirent pas, terrorisés par l'expression furieuse de leur chef.

— Sire, cela signifie que le cavalier qui vient de partir vers le nord devait être un des prisonniers ! Son armure était cabossée et son oreille saignait ! s'exclama Talak.

Le roi tourna les yeux dans cette direction, mais le cavalier avait disparu depuis un bon moment derrière le mur qui entourait l'esplanade. Il donna un coup de pied sur le plan qui reposait toujours par terre.

— Cela ne change rien! Nous avons assez perdu de temps! Nous irons à la Grande Bibliothèque et personne ne pourra nous arrêter. Je gouvernerai l'île d'Aurélie avant la fin de la matinée!

* * *

— Aurélie!

Les paupières de l'adolescente papillotèrent et elle découvrit Gayoum la fixant d'un air anxieux. Où était-elle? Sa joue était collée à un plancher de granite froid. Des débris de vitre s'éparpillaient autour d'elle. La jeune fille se releva à demi et se retrouva dans un décor sombre qui lui était familier. Derrière elle trônait un miroir fracassé encadré de plumes multicolores. Plus loin, une table montée sur de grosses pattes de lion en bronze accumulait la poussière.

Bien sûr! Elle avait réussi! C'était le château de l'homme-chat! Cependant, depuis la dernière fois qu'elle y était venue, tout s'était détérioré. Les lourdes draperies rouge vif avaient perdu leur éclat et les petites sculptures, tapissant chaque mur, semblaient rongées par le temps. Pourtant, les gargouilles de pierre, postées autour du hall, continuaient de ricaner comme des hyènes devant une charogne. Aurélie se leva et vit que la clef qu'elle cherchait n'était plus sur la table. L'homme-chat l'avait avertie qu'il la lui donnerait en échange de son œil.

— Tu sais où nous sommes ? demanda Gayoum, la peur faisant trembler sa voix coassante.

— Oui, c'est le château de l'homme-chat… J'ai bien trouvé ma Volonté !

La jeune fille prit le crapaud dans ses bras et gravit l'escalier, essayant de ne pas s'agripper à la rampe qui ondulait tel un reptile visqueux. À mi-chemin, les marches disparurent et elle glissa jusqu'en bas. L'escalier reprit sa forme aussitôt qu'elle se mit sur pied.

— Ça ne sera pas facile !

Aurélie percha le crapaud étourdi sur son épaule et empoigna la rampe avec dégoût. Les marches se lissèrent de nouveau et elle dut s'accrocher au serpent qui ne cessait de flageoler. Les gargouilles se moquaient d'elle sans qu'elle perde courage. Gayoum se cacha à l'intérieur du collet de sa robe et, la sueur au front, la jeune fille continua son escalade jusqu'au sommet.

Tout en haut, le plancher était complètement détruit. À chaque pas, elle manquait de trébucher ou de s'écorcher aux clous qui jaillissaient des planches arrachées. Au bout d'un couloir, elle vit une porte fermée. Elle l'ouvrit pour enfin se retrouver, avec soulagement, dans sa chambre.

— Bienvenue dans mon monde, Gayoum, soupira-t-elle.

Le crapaud sortit la tête de sa cachette et sourit devant ce décor chaleureux, éclairé par la lueur qui s'échappait de la lanterne suspendue au-dessus du lit. Un monticule de poudre scintillante formait une petite pyramide sur l'oreiller. Aurélie observa la lanterne avec inquiétude. Il ne devait pas rester beaucoup de poudre dans le réceptacle. Elle regarda l'heure affichée sur son réveil. Sept heures douze. Cela ne lui laissait que peu de temps pour terminer sa mission. Et si elle en prenait trop, sa mère risquait de venir la réveiller.

— Vite, Gayoum ! Il faut se dépêcher ! La quête est loin d'être finie !

— Où as-tu placé l'œil-de-chat ?

Elle fouilla dans sa garde-robe et en sortit une petite boîte d'émail. Une grosse pierre ambrée y occupait presque toute la place. Elle la caressa du bout des doigts, comme si elle la voyait pour la première fois, et la montra à son conseiller.

— C'est ça qui est à la base de tes tourments ? bredouilla le crapaud, incrédule.

Elle entreprit d'enlever sa lourde robe rouge et la troqua pour un jean et un col roulé qu'elle trouva dans ses tiroirs. Elle passa ensuite son sac à dos à son épaule et y glissa la pierre précieuse qu'elle prit la précaution d'envelopper dans un tissu.

— Comment reviendrons-nous à la forteresse ? s'inquiéta Gayoum.

Aurélie se tourna vers la psyché et remarqua qu'elle était brisée. Elle y était déjà passée au début de son rêve. Peut-être qu'elle ne pouvait traverser le même miroir deux fois.

Elle alla à la fenêtre à guillotine et l'ouvrit. Le soleil à peine levé brillait à l'horizon, jetant une lumière rose sur le paysage désolé de l'île de Nofrig. La brume se dispersait pour dévoiler les montagnes acérées qui s'étendaient au loin. Aurélie se pencha pour constater que le château était toujours sur un pic enneigé. Elle souffla. Le désespoir la guettait.

— Je commence à être à court d'idées ! avoua-t-elle en refermant la fenêtre.

— Tu ne veux pas dire qu'il va falloir marcher

jusqu'à la forteresse? s'exclama Gayoum, ahuri.

Aurélie hocha la tête. Ses yeux se portèrent vers la lanterne, dont le filet de poudre scintillante semblait s'amincir à vue d'œil. Elle sentait sa force diminuer. Et, même s'il lui en restait pour quelques heures, ce n'était pas assez pour finir sa quête. Après la forteresse noire, elle devait rendre l'œil à Nofrig et, ensemble, ils devraient trouver une solution au «problème Vorax», sinon tout serait à recommencer.

Elle se secoua un peu, puis mit le crapaud sur son épaule avant de sortir de la chambre.

— Où va-t-on?

— Nous allons explorer ce château.

Elle retourna dans le couloir aux planchers démolis et se dirigea vers les chambres de l'étage supérieur, qu'elle n'avait pas encore vues. Le château était plongé dans l'obscurité. Les trois pièces étaient chambardées et leur décor semblait avoir subi une tornade. Aurélie n'y vit aucun miroir intact non plus, à sa grande déception. Elle s'apprêtait à redescendre lorsqu'elle entendit un rugissement. Elle se tourna alors vers son conseiller et se pencha au-dessus de la balustrade-serpent.

Un homme arpentait le hall. Costaud et très musclé, sa physionomie rappelait celle des hommes néandertaliens. Il explorait, avec minutie, chaque petit objet et hurla en posant le pied sur le miroir brisé. Aurélie, effrayée, retourna se réfugier dans sa chambre.

— C'est quoi, ça ? s'inquiéta-t-elle.

— Ça ressemble à un cauchemar de l'homme-chat ! répondit Gayoum, la voix tremblante.

— Tu crois qu'il a peur des humains ?

— Les hommes sont peut-être pour lui des monstres !

— C'est donc pour ça qu'il m'a prise pour une ennemie dès qu'il m'a vue !

Roulée en boule au fond de sa garde-robe, la jeune fille soupira nerveusement.

— Cela ne nous avance pas ! Il faut sortir d'ici au plus vite !

L'adolescente promena les yeux autour d'elle et jeta son dévolu sur ses vieux skis alpins. Elle déposa Gayoum à côté de la pierre, dans son sac à dos, se vêtit d'une tuque et d'un foulard pour affronter la neige et chaussa enfin ses bottes de ski. C'est avec beaucoup de difficulté qu'elle traversa le couloir en lame de rasoir mais, au moins, les clous ne transperçaient pas les bottes de plastique moulé. Du haut de l'escalier, elle s'assura que la bête était loin. Elle pouvait la repérer en l'entendant renifler un peu partout ; cela lui donnerait un peu de temps pour sortir. Elle enfila ses skis aussitôt.

— Accroche-toi, Gayoum ! souffla-t-elle.

La jeune fille s'élança dans l'escalier qui, à mi-parcours, se lissa par enchantement, lui donnant un élan. Elle glissa sur le plancher de granite en battant des bras, comme un oisillon sortant de son nid pour la première fois. Le pithécanthrope sursauta et, avec un hurlement, se dirigea vers Aurélie qui percuta la porte d'entrée. Avec empressement et panique, elle poussa le battant. Une bourrasque fraîche s'infiltra à l'intérieur. L'homme de Néandertal eut un mouvement de recul.

Aurélie regarda au-dessous de la porte et vit une pente vertigineuse se dessiner entre les nuages de poudrerie. L'homme-animal, derrière elle, grogna. L'australopithèque ou la pente ?

— La pente, Aurélie ! Je ne veux pas finir en cuisses de grenouille ! insista le crapaud.

Elle se lança.

* * *

Le soleil du matin tapait déjà fort sur le désert qui précédait les montagnes de l'île de l'homme-chat.

La bête mécanique qu'Icare montait commençait à manquer d'énergie. Son galop avait laissé place à un trot, puis à un pas traînant. Dans son armure, l'ange cuisait. Et, comme son cheval, il commençait à divaguer. Des nappes d'eau s'étendaient à perte de vue sur le sable brûlant. Il riait amèrement devant ces mirages d'oasis rafraîchissantes, mais ne perdait pas espoir ; il retrouverait Aurélie.

— *I've been through the desert on a horse with no name**, lalalalalalère… chanta-t-il pour encourager sa bête.

Les rigoles de sueur qui coulaient dans son dos le chatouillaient. Il avait l'impression d'avoir des souris qui se promenaient sous sa carapace de métal. Il souleva la visière pointue de son casque sans que la brise chaude n'assèche son front, puis se laissa ballotter au rythme des pas pesants de sa monture.

À bout de nerfs, il jeta son casque au loin. Les démangeaisons dans son dos s'amplifièrent, mais il les ignora. « Je suis sur la bonne route, il ne reste que quelques kilomètres avant de franchir les montagnes. » Il songea aux pics enneigés qu'il voyait. Il se roulerait dans la neige dès qu'il y serait.

------

* Chanson populaire composée par le groupe America en 1971 sous le titre « Horse With No Name ».

Des serpents se faufilaient, entre sa peau et l'armure, promenant leurs langues vénéneuses sur ses omoplates. Il devait se raisonner avant de sombrer dans la folie. Il respira profondément et regarda derrière lui. Le désert s'étalait tout autour. Il eut un haut-le-cœur. La sensation de piqûre devenait insupportable.

Il poussa un hurlement qui fit sursauter le cheval. Icare se jeta en bas de sa monture et rampa, à bout de souffle. Il irait la sauver à quatre pattes s'il le fallait mais il y parviendrait. Il s'écrasa dans le sable, en proie à des palpitations. Avec rage, il se débarrassa de son armure et chercha avec des yeux exorbités la bestiole qui l'avait mise dans cet état. Rien. Il n'y avait pas de bête sous son armure, ce n'était que son imagination. Il porta sa main à sa bouche, l'estomac au bord des lèvres.

Il en était certain à présent, il avait été empoisonné. Il ne savait comment, pourtant ça ne pouvait être que ça. Frustré, il donna un coup de poing dans la poussière. Puis il vomit.

Ce n'était plus des picotements qu'il ressentait dans son dos, mais des coups de poignard.

Au bout de quelques minutes, la douleur s'atténua et il se remit sur pied avec prudence. Le cheval, même s'il n'était qu'une machine, le regardait drôlement.

— Ça va mieux ! Ne t'inquiète pas, vieux, ce n'était qu'une faiblesse !

Les yeux de l'ange se portèrent alors sur l'ombre projetée au sol. Il se tourna sans trouver personne derrière lui. Il tâta son dos de la main. Une plume.

Il déploya chaque côté de son corps les énormes ailes qui venaient de lui pousser. Sa silhouette devint aussi imposante que celle d'un aigle. Il cria de joie et dansa sur place. Le cheval recula devant les excès de cet étrange énergumène.

— Qu'est-ce qu'il y a ? Tu n'avais jamais vu des ailes pousser dans le dos d'un humain avant ? Moi non plus ! ricana-t-il.

Il s'avança vers la bête et admira le reflet de ses ailes argentées sur la surface miroitante du corps métallique. L'ange leva la tête au ciel.

« Merci. J'ai été stupide, mais je crois avoir enfin compris. Vous ne m'avez pas créé comme ça pour que je sois parfait. Il suffit que je montre le meilleur de moi-même. » Une petite brise se leva, puis tourbillonna autour de lui. Il sourit, heureux.

En tirant sur la bride, il dirigea son cheval vers la forteresse noire et, d'une claque sur le derrière, l'envoya galoper vers son écurie. Puis, après avoir attaché l'étui de sa Volonté autour de son corps, il observa les montagnes devant lui. «Tiens bon, Aurélie, j'arrive!»

Il fit un sprint sur le sable brûlant et s'élança dans le ciel, étalant ses magnifiques ailes.

19

Dès que les skis d'Aurélie touchèrent la pente abrupte, un nuage de neige folle s'éleva, lui cachant l'horrible vision vertigineuse qui se présentait sous ses yeux. Elle avait l'impression d'avoir exécuté un saut olympique et c'est à la vitesse d'une fusée qu'elle entama sa descente.

La pente finit par s'adoucir. C'est avec soulagement que la jeune fille entreprit un prudent chasse-neige. Elle n'avait pas chaussé de skis depuis longtemps et se sentit beaucoup moins téméraire qu'auparavant. Un coup d'œil par-dessus son épaule lui retira le peu de confiance qu'elle avait. Une avalanche la pourchassait et elle accéléra sa descente.

— Gayoum ! Je suis suivie par une avalanche !

Le crapaud sortit sa tête du sac et constata, avec effroi, qu'un nuage menaçait de les dévorer de sa

gueule glaciale. Puis des mouvements retinrent son attention. Ce n'était pas une avalanche, mais des bestioles blanches qui les poursuivaient, soulevant la neige
derrière elles. En plissant les yeux, il remarqua que ces
bêtes glaciaires ressemblaient à d'étranges petits écureuils aux grands museaux dont les longs pieds ser-
vaient de skis. Dans un slalom dansant, des douzaines
de ces bêtes les traquaient avec habileté.

— Ce n'est pas une avalanche, mais des écureuils
des neiges… Probablement une autre phobie de Nofrig,
hurla son conseiller pour couvrir le bruit du vent.

— Tiens bon !

Aurélie entama un virage inattendu sans pour
autant semer les écureuils. Ceux-ci commencèrent à
l'encercler, la forçant à se diriger vers une grosse bosse.

— Oh non ! Je déteste les sauts !

Gayoum se roula en boule au fond du sac.

La jeune fille prit de front l'obstacle et fut projetée dans les airs. En vol, paniquée, elle battit des bras
et perdit un bâton. Elle tenta de se calmer et réussit,
malgré tout, à atterrir sur un ski. Mais la piste acci-
dentée eut bientôt raison d'elle. Aurélie finit sa descente en roulant dans la neige poudreuse et Gayoum
fut projeté hors du sac. Les écureuils évitèrent habile-
ment le saut périlleux.

À plat ventre, Aurélie releva la tête, effarée. Une centaine de bestioles l'entouraient en zigzaguant sur le sol blanc. Elle tint les petites bêtes curieuses à distance avec son second bâton. Autour d'elle, il n'y avait rien d'autre qu'un paysage glaciaire formé de pics et de monticules de neige. Gayoum n'était pas en vue, certainement enseveli quelque part. L'adolescente balança son bâton sans parvenir à décourager les écureuils blancs. « Après ce qui est arrivé cette nuit, ce ne sont pas des écureuils qui m'arrêteront ! » pensa-t-elle, la rage au cœur. Cependant, le froid commençait à la transir et son énergie diminuait.

Des larmes glissèrent sur ses joues tandis qu'elle envoyait voler quelques rongeurs-skieurs un peu plus loin. Mais d'autres l'attaquaient par-derrière en déchirant son pantalon.

— Au secours ! sanglota-t-elle.

Une réponse inespérée arriva enfin.

Un hurlement, venant du ciel, lui fit lever les yeux. Était-ce un homme ou un oiseau ?

Un phénix aux ailes argentées fonça vers le sol avec une assurance qui pétrifia les rongeurs et se posa avec un froissement de plumes. Dans un bruit métallique, il tira une lame aux reflets d'émeraude et la brandit devant lui pour menacer les écureuils. Ces derniers ne résistèrent pas et patinèrent dans tous les sens, lançant des cris aigus pour effrayer leur nouvel assaillant.

Aurélie, à bout de souffle et tenant toujours son bâton de ski devant elle, observa son sauveur. Celui-ci remit son épée en place et se tourna vers elle.

— Icare ! cria la jeune fille avant de se jeter à son cou.

Heureux, il serra sa protégée contre lui.

— Gayoum m'avait dit que tu avais perdu ta Volonté et qu'alors Vorax t'avait coupé les ailes ! articula-t-elle, se reculant pour le regarder.

L'ange déploya ses nouvelles ailes avec fierté.

— Elles sont magnifiques, n'est-ce pas ?

Aurélie acquiesça d'un sourire admiratif puis, soudainement, fut prise de panique.

— Mon Dieu ! Où est Gayoum ? Il a été éjecté du sac lors de ma chute !

Tous deux remontèrent la piste où gisaient, pêle-mêle, les skis et le bâton. Icare scruta les environs et se pencha enfin au-dessus d'un trou où le batracien, bleui et grelottant, était enfoui. Il le tira avec précaution de sa fâcheuse position et le tendit à Aurélie.

— Gayoum, dis quelque chose ! s'écria-t-elle.

— Le pauvre, il est inconscient. Il faut vite vous ramener à la chaleur !

— Porte-nous à la forteresse ! ordonna Aurélie en enroulant le crapaud glacé dans son foulard.

— Pourquoi là ? De tous les lieux de ce foutu monde de cinglés, pourquoi voudrais-tu aller là ? Je viens de m'en évader !

— Parce que c'est là que l'homme-chat est emprisonné, et que je dois absolument lui rendre son œil !

Aurélie déposa Gayoum dans son sac en s'assurant qu'il était bien emmitouflé.

Contrarié, les mains sur les hanches, l'ange observa la jeune fille qui le suppliait du regard.

— Vorax est parti à la Grande Bibliothèque pour faire un feu de joie. Il faudrait s'y rendre, au plus vite, pour minimiser les dégâts…

L'adolescente porta la main à sa bouche, épouvantée par la nouvelle.

— Majira est déjà sur place, mais je crois quand même qu'on devrait faire acte de présence !

— Si Majira s'occupe de la Grande Bibliothèque, alors nous avons peut-être une chance de rejoindre Nofrig avant d'y aller. Il sera certainement un allié important !

Icare soupira, résigné, et tendit les bras. Aurélie s'accrocha à son cou avec un sourire reconnaissant.

— D'une façon ou d'une autre, il faut se dépêcher !

Il plia les genoux et, avec quelques battements d'ailes, il bondit vers les nuages.

* * *

Majira galopait depuis près d'une heure et son dos commençait à la faire souffrir. Le trajet était beaucoup plus long qu'elle ne l'aurait cru, mais au moins le village emmuré était déjà loin derrière elle. La silhouette de monstre assoupi de la Grande Bibliothèque se profilait à l'horizon, entre les bourrasques de vent qui soulevaient la poussière du reg. La Pershir avait les lèvres sèches et commençait à se sentir épuisée. Elle ne savait pas si elle était prête pour le combat à venir.

De gros nuages menaçants camouflaient la chaleur rassurante du soleil. Une tempête se préparait. Pour les habitants de cette île, cette bataille serait probablement la plus importante de toutes.

La bête à vapeur qu'elle montait commençait à s'essouffler aussi. Une mousse blanchâtre dégouttait de sa gueule de métal.

Au moment où elle avait quitté Icare, Majira était immédiatement partie au grand galop, à un rythme effréné. Les gardes de l'entrée lui avaient ordonné d'arrêter, mais elle avait décidé de continuer, tentant le tout pour le tout.

Aurélie… Elle se demandait si Icare avait été capable de retrouver l'adolescente. Sa rencontre avec cette jeune fille déterminée lui avait fait réaliser qu'elle-même n'avait plus à jouer les princesses sans ressources. Elle aussi pourrait, un jour, devenir reine en tenant tête à son père et à ses stupides traditions patriarcales. Toutes ces années d'entraînement au combat ne lui avaient certainement pas servi à épouser un guerrier sévère et à porter ses enfants. Non. Elle serait souveraine de son peuple et régnerait avec dévouement.

Il y avait aussi… l'ange dont les yeux noirs lui avaient chaviré le cœur. Son père avait littéralement explosé lorsqu'elle lui avait annoncé qu'elle avait donné son talisman à Icare et qu'elle comptait le rejoindre. Sa petite princesse l'avait déshonoré en lui désobéissant de la sorte. Cependant, c'était le seul moyen pour qu'il comprenne que, dorénavant, s'il ne prenait pas les vœux de sa fille au sérieux, il risquait de la perdre.

Si, au début, elle se fichait qu'il parte à sa poursuite accompagné de son armée — car le roi ne se déplaçait jamais sans elle —, maintenant cela tombait à point. Dès qu'elle serait à la Grande Bibliothèque, elle lui enverrait un message lui expliquant les enjeux.

Elle réalisa qu'elle avait fermé ses paupières lourdes en laissant errer ses pensées. Sa monture avait ralenti et trottait lamentablement. Elle lui frappa plusieurs fois les flancs de ses talons et la bête reprit un peu de vigueur. Il ne restait plus beaucoup de chemin avant d'atteindre l'immense bâtiment.

Avec enthousiasme, elle bifurqua en direction de la porte d'entrée. Mais une vision inquiétante l'arrêta net. Une cinquantaine de crustobites, montés de guerriers portant des cuirasses et armés de frondes redoutables, se dressaient comme un mur impénétrable devant la porte aux deux sangliers.

«Oh non ! Pas déjà ! » pensa Majira, angoissée.

2 0

Aurélie se laissa planer au gré du vent, transportée par les longues ailes de son ange gardien. Si elle avait douté de lui au début, ce n'était plus le cas. Il avait bien changé depuis qu'elle l'avait rencontré. Au départ, amer et cynique, il affichait maintenant une certaine confiance, même s'il demeurait toujours moqueur.

Elle ouvrit son sac et constata avec soulagement que Gayoum avait repris une couleur normale. Elle serra le crapaud contre elle et se dit qu'elle avait absolument besoin de lui et de ses conseils.

Les montagnes en pointes défilaient sous eux à une vitesse incroyable, laissant bientôt place à une forêt désolée aux arbres tordus et effeuillés. L'adolescente pouvait déceler le mouvement d'animaux entre les branches des végétaux morts.

— Il y a plein d'australopithèques qui courent dans cette île… déclara Icare.

— Je sais ! Il semble que Nofrig a peur des humains ! rétorqua Aurélie.

— Qui n'aurait pas peur de pareils psychopathes ? commenta l'ange.

— Juste un homme néandertalien… ailé, répondit un coassement rauque.

L'adolescente ouvrit son sac et poussa un cri de joie en voyant les deux petits yeux de son conseiller papilloter.

Icare survola la tour de la forteresse redoutée. Il ne semblait y avoir aucun garde en vue. Peut-être étaient-ils tous partis à la Grande Bibliothèque. Vorax voulait sans doute s'éviter un autre échec.

— Pose-toi là, sur la passerelle ! indiqua Aurélie.

— À vos ordres, ma reine !

L'ange se posa avec grâce. Cela n'avait rien à voir avec les maladresses qu'il accomplissait avec ses ailes brisées. La passerelle de pierre ne semblait pas gardée, pourtant c'est avec prudence que les trois compagnons entrèrent dans le sinistre bâtiment. La jeune fille n'eut pas trop de difficulté à s'orienter jusqu'au donjon, et lorsqu'elle déboucha dans le couloir qui menait au cachot, elle se retrouva face à face avec le gardien-rat qu'elle avait croisé un peu plus tôt.

— Alors voilà ma promotion ! Je vais t'enfermer et te forcer à casser de la pierre dans une cellule nuit et jour ! clama le rat avec un rire sadique.

— Pas tant que je serai là, canaille d'égouts ! répondit l'ange, lui pointant sa Volonté sous le museau.

Le rat tenta de se défendre, mais son épée vola en pièces. Surpris, il grogna et recula. Icare balança son épée à droite et à gauche, d'une seule main, à la façon d'un fleuret. Puis le casque et l'armure du gardien tombèrent sur le sol avec fracas. Vêtu uniquement d'une tunique de coton, le rat sembla rougir sous son poil. Icare le prit par la gorge et le projeta sur le mur.

— Nous voulons les clefs du cachot où est emprisonné l'homme-chat ! ordonna Aurélie en levant le menton vers l'insolent gardien.

L'homme ailé tenait la pointe de son épée à quelques centimètres des yeux du rat.

— Je n'ai que la clef d'entrée ! C'est Vorax qui a les autres !

L'ange relâcha l'homme-rat qui s'écroula sur le sol, le souffle coupé. Aurélie se précipita sur l'armure et y dénicha la clef dans une petite bourse de cuir. Icare assomma le garde, pour éviter que celui-ci aille avertir ses compères, et arriva à la porte en se secouant la main de douleur tandis qu'Aurélie entreprenait de déverrouiller la lourde porte de métal noir. Celle-ci s'entrebâilla avec un grincement.

L'intérieur semblait ainsi qu'Aurélie l'avait laissé, mais Nofrig était dans un état pitoyable.

— C'est ça, le monstre de tes cauchemars ? demanda Icare avec surprise.

— Vorax l'a réduit au désespoir, j'en ai peur, expliqua Gayoum en sortant sa tête du sac à dos d'Aurélie.

L'adolescente s'avança à petits pas, incapable de savoir si l'homme-chat était conscient. Avec une respiration sifflante, le prisonnier leva la tête et regarda enfin qui venait d'entrer dans sa cellule.

— Nofrig, c'est moi, Aurélie... Je suis revenue tel que promis.

L'homme-chat toussota et sourit faiblement. La jeune fille crut apercevoir une larme au coin de son œil.

— Icare, vite ! Il faut l'aider ! Le désespoir l'a déjà trop rongé !

L'ange examina l'installation.

— Je peux libérer sa tête et ses poignets, mais je ne pourrai détacher ses pattes sans le blesser ! C'est trop sombre ici pour être précis !

— Il faut le détacher !

En un vieux réflexe, Icare posa les mains sur ses hanches pour réfléchir. Il se rappela alors qu'il avait glissé le morceau de métal malléable dans sa poche après s'être évadé de sa cage d'oiseau suspendue.

— Ah voilà ! C'est parfait, ça ! s'exclama-t-il en tendant le métal difforme à la jeune fille.

— C'est quoi ?

— Disons que ça bat tous les passe-partout !

Icare entreprit de défaire l'étau de bois et l'adolescente, sous les consignes de Gayoum, ouvrit le lourd cadenas qui gardait les pattes de l'homme-chat enchaînées. Lorsque celui-ci fut enfin libéré, l'ange l'assit dans un coin de la pièce. Aurélie sentit sa gorge se nouer en voyant la bête respirer avec difficulté, son regard perdu dans le vide.

— Nofrig… souffla-t-elle.

— Il n'a pas l'air de t'entendre.

— Vite, son œil ! s'écria Gayoum en remettant la pierre à Aurélie.

La jeune fille dénoua le tissu dans lequel elle l'avait enveloppé et, délicatement, le fit briller devant Nofrig. Celui-ci eut un choc et son expression lointaine changea. Peu à peu, il revint à lui. Il prit la pierre entre ses pattes et elle se mit à chatoyer avec tant d'intensité que les trois compagnons cillèrent et couvrirent leurs yeux. Dans cette lumière blanchâtre, Nofrig porta la pierre à son orbite vide. Icare, Aurélie et Gayoum furent alors projetés en arrière par un coup de vent rugissant. Lorsqu'ils ouvrirent les yeux, l'homme-chat se tenait debout devant eux, fier et complètement métamorphosé. Son pelage s'était transformé en une fourrure d'un blanc immaculé et deux yeux ambrés illuminaient son visage de félin rude, mais néanmoins sympathique.

— Nofrig ? J'ai de la difficulté à te reconnaître, murmura Aurélie, stupéfaite.

— On a souvent tendance à faire de son ennemi un démon lorsqu'on le hait autant ! J'ai toujours ressemblé à ça dans mon monde et je n'ose imaginer comment tu me percevais…

— Et ma clef ?

Nofrig sourit, puis détacha la clef qui pendait toujours à son cou, dissimulée par son pelage, et la passa à celui d'Aurélie. Un petit tourbillon de vent scintillant s'empara d'elle et lui donna une énergie nouvelle. Ses vêtements en lambeaux se changèrent en une superbe armure argentée. Ébahie, elle sourit à l'homme-chat qui paraissait enchanté de voir enfin la vraie nature de celle qu'il avait si longtemps cru son ennemie.

— Ces retrouvailles sont franchement touchantes et, à moins que le crapaud ne se transforme en prince charmant, il faudrait peut-être se dépêcher d'aller à la Grande Bibliothèque ! pressa Icare en se relevant.

— Que se passe-t-il à ta Grande Bibliothèque ? demanda Nofrig à Aurélie.

— Vorax a l'intention de la brûler !

— Si nous voulons assurer la survie de nos deux îles, nous devons à tout prix l'empêcher de parvenir à ses fins encore une fois ! maugréa Nofrig.

— Comment nous y rendrons-nous ? interrogea Gayoum.

Ils se tournèrent vers Icare.

— Je me sens visé… Je ne sais pas si je peux tous vous transporter. Sac à plumes ! Nofrig est bien trop gros !

L'homme-chat grogna.

— Icare, c'est le sprint final, il faut faire un effort !

— Bon, essayons ! Mais je vais devoir m'envoler du plus haut point de cette forteresse…

Ils accoururent vers une tourelle qui paraissait être la plus élevée de toutes. Ils gravirent rapidement l'escalier en colimaçon qui la ceinturait et qui menait à son sommet.

— Alors, que fait-on ? lança l'ange.

Aurélie sortit son foulard de son sac. Elle l'attacha à la taille de l'ange et, avec les deux bouts qui

dépassaient, elle noua deux boucles où l'homme-chat
devait glisser ses épaules.

— C'est très ingénieux, mais je ne gagerais pas
ma vie là-dessus ! commenta l'homme ailé.

— Il ne nous reste pas beaucoup de temps, alors
il faut prendre des risques, même si je déteste ça !
ajouta Gayoum.

— Au point où j'en suis, je suis prêt à essayer !
encouragea Nofrig.

Icare maugréa et fit signe qu'il allait le faire, malgré sa crainte d'échouer. Il se secoua en se disant qu'il
ne devait pas perdre confiance de nouveau. Il ne voulait plus jamais perdre sa Volonté ni ses ailes. Il allait
réussir. Il était capable.

Aurélie s'accrocha au cou de Nofrig et, avec un
gros soupir, Icare glissa ses bras autour de la taille de
l'homme-chat pour le soulever.

— Prêts, pas prêts, j'y vais !

D'un élan, il se jeta en bas du muret, dans le vide.

* * *

En voyant les guerriers préparer leurs frondes,
Majira décida qu'il était plus sage d'ôter son casque
d'homme-rat et de révéler son identité. La surprise et

la consternation se peignit alors sur les visages. La jeune Pershir descendit de sa monture et se dirigea avec détermination vers l'entrée de la salle d'archives, contournant les crustobites et les guerriers décontenancés. L'énorme porte aux masques de sanglier était entrouverte et elle y pénétra, malgré le sentiment d'intimidation qui la gagnait. Elle entendit des voix plus loin et avança dans la lumière dansante des lustres-arbres.

— Papa ? hésita-t-elle.

Des feuilles de papier de soie étaient éparpillées partout autour de l'araignée tisseuse. Otodux effeuillait les derniers documents tandis que Baref, le futur époux de Majira, harcelait Aldroth pour obtenir des réponses.

— Papa ! Mais qu'est-ce que tu fais ? C'est un sacrilège de lire les documents ! lança-t-elle dans sa langue chantante.

— Majira ! Ma fille, nous t'attendions ! grondat-il avec un ton de reproche.

Il s'avança vers elle en la montrant d'un doigt menaçant.

— Sais-tu que tu as déshonoré ton peuple aujourd'hui ?

— Il y a des choses beaucoup plus importantes que mon honneur en ce moment ! argua-t-elle en défiant son père du regard.

— Moi, je ne suis plus certain de vouloir épouser une jeune femme assez immature pour se sauver avec un intrus qui n'est même pas un habitant de l'île, cracha Baref, en relâchant son emprise sur Aldroth, qui toussota en se rangeant à côté de Majira.

— Ferme-la, Baref. Je suis une femme responsable et je compte régner sur mon peuple en développant ses ressources, et non en intimidant les autres peuples comme tu le ferais… Je serai reine, sinon je quitterai les montagnes pershirs. Je ne serai jamais ton épouse !

Le guerrier serra sa grosse mâchoire carrée devant l'air décidé de Majira. Otodux, lui, était étonné du discours de sa fille.

— Encore faudra-t-il qu'il reste des peuples dans cette île ! lâcha Aldroth dans la langue pershir en frottant son cou endolori.

— Qu'est-ce qu'il raconte ? demanda Otodux.

— Les pirates veulent transformer cette île en port et je ne crois pas qu'il y ait de la place dans leurs plans ni pour nous, ni pour les autres peuples qui habitent ici. Je voulais justement faire appel à vous et à l'armée pershir en arrivant ici, car la prochaine étape pour le pirate Vorax sera de brûler la Grande Bibliothèque !

Un lourd silence s'ensuivit. Cette déclaration eut l'effet d'une douche froide sur le tempérament bouillonnant du roi. Son peuple était menacé et il n'avait rien vu venir tant il nourrissait de la haine pour l'ange qui avait fait basculer la vie de sa fille.

— Je désire toujours provoquer un duel avec cet ange de malheur ! clama le guerrier.

— Baref, ce n'est pas le moment. Majira est de retour, il faut maintenant combattre ce Vorax, car la vie de nos sujets est en danger !

Baref grogna, frustré. Majira était peut-être revenue mais, lui, il l'avait définitivement perdue, de même que sa place sur le trône.

— Aldroth, y aurait-il moyen d'avertir les nomades du désert ? Nous aurions besoin de leur aide, car leurs rajikums sont très puissants ! déclara Otodux.

— Oui, c'est possible. Je peux leur envoyer les lucioles !

L'archiviste s'empressa de composer le message dans la langue des nomades.

— Baref ! Va prévenir nos troupes ! Qu'elles soient prêtes pour le combat de leur vie !

D'un signe de tête, le guerrier acquiesça et lança un regard en coin à Majira avant de quitter la salle.

— Toi, Majira, tu vas m'expliquer pourquoi tu es accoutrée de cette armure de pirate ! ordonna Otodux avec sévérité.

La jeune Pershir soupira et raconta son histoire à son père : de la bataille qu'elle avait causée dans la taverne du village emmuré, à leur capture par les pirates, sans oublier leur évasion des cages suspendues et de la forteresse noire.

— Papa, je suis heureuse d'avoir pris part à l'expédition de cette nuit, car cela m'a permis d'aider la reine Aurélie et je crois que c'est ce qu'il y a de plus important pour la survie de notre peuple, conclut-elle.

— Et l'ange, lui ?

— *Icarrr ?* J'espère qu'il a pu retrouver Aurélie et Gayoum, car nous avons besoin d'eux pour réussir notre combat.

Otodux fut troublé en découvrant qu'effectivement sa fille était désormais une femme. Et une femme intelligente, pleine de ressources ! Il y avait sans doute bien longtemps que cette transformation avait débuté, pourtant il ne l'avait encore jamais constatée.

Il voulut serrer sa fille dans ses bras, mais Baref arriva en hâte.

— Sire ! Les pirates approchent déjà !

21

Le ciel grondait et le vent soufflait fort tandis que les pirates avançaient vers la Grande Bibliothèque. L'armure de métal bleu de Vorax brillait comme un joyau au milieu des carapaces sombres de ses hommes. Les chevaux-engins ne semblaient avoir perdu aucune puissance au cours du long trajet qu'ils venaient de galoper.

Majira, à l'avant de l'armée pershir, accompagnée de son père et de Baref, crispa les doigts sur son sabre. Elle frémit de haine en voyant les grands drapeaux à l'effigie du crâne de rat que brandissaient les pirates avec fierté. Les troupes ennemies étaient plus nombreuses qu'elle ne l'avait imaginé.

Majira se rendit compte qu'elle retenait son souffle. Elle jeta un coup d'œil à Baref et à Otodux. Ils semblaient plutôt calmes et déterminés, attendant

le premier mouvement des troupes adverses pour réagir. Elle était heureuse qu'ils soient là malgré tout.

— Papa ? Nous y arriverons, n'est-ce pas ?
demanda-t-elle, en quête d'encouragements.

— Bien sûr, ma fille.

Elle sourit, soulagée, même si elle n'en croyait
pas un mot.

* * *

Du côté des pirates, Vorax évaluait la situation.

— Ils sont organisés. Ils nous attendaient !
constata Talak.

— La Pershir connaissait mes intentions et elle
a fait appel à son peuple. Je ne sais pas comment elle
y est arrivée aussi vite. De toute façon, ils ne sont pas
assez nombreux pour nous contrer, répondit Vorax.

— Les guerriers pershirs ont pourtant la répu-
tation d'être redoutables !

— Ils ne le sont certainement pas autant que moi !

Vorax rassembla ses hommes-rats en demi-cercle
autour de lui. La consigne était très simple. Ils ne devaient reculer devant rien et utiliser toutes les tactiques
possibles pour pénétrer à l'intérieur de la Grande Bibliothèque. Et ils se devaient d'être plus efficaces que

lors du raid de la Grande Bibliothèque de Nofrig…

Les arbalétriers se placeraient au centre et, de chaque côté, deux groupes d'hommes-rats, épées en mains, essayeraient de déstabiliser l'armée pershir en fonçant dans la meute de crustobites.

* * *

— Qu'est-ce qu'ils préparent? demanda Majira, en voyant les hommes-rats prendre leurs rangs respectifs.

— Ils vont nous tirer des flèches pendant que les autres vont nous attaquer de chaque côté, déduisit Baref. Couvrez-vous! Je ne crois pas qu'ils vont envoyer quelqu'un négocier!

— J'ai une de leurs armures, ça pourrait être utile! ricana-t-elle en remettant le casque d'homme-rat.

Baref se tourna vers ses troupes et lança un cri de guerre qui fit frissonner la fille d'Otodux. Les Pershirs firent tournoyer leurs frondes et les projectiles fusèrent de partout. Aussitôt, les flèches sifflèrent en traçant des arcs de cercle dans le ciel de tempête. En sentant des pointes frapper son armure, Majira fut heureuse de l'avoir gardée, même si celle-ci gênait ses mouvements. Au travers de son masque, elle regardait, médusée, toute cette destruction. Les frondes faisaient peu de victimes à cause de l'efficacité des armures des adversaires, mais les combats de sabres et d'épées laissaient au sol des guerriers gémissants.

Soudain un homme-rat, sur sa monture, faucha les jambes de Majira avec sa longue épée. La cavalière se retrouva couchée sur le dos. En se relevant, elle repéra une jonction dans l'armure de son assaillant et y planta son sabre. Le rat tomba de sa monture avec un cri. Cela eut pour effet de ressaisir la jeune Pershir qui se lança dans le combat, la tête pleine de hurlements de guerre et de douleur. Si elle mourait, ce serait dans le courage et la dignité.

* * *

— Tu ne peux pas aller plus vite, Icare ? demanda Aurélie.

— Si tu crois que c'est facile de voler avec un toutou de cent cinquante kilos dans les bras ! En plus, le vent se lève !

— Le combat est commencé ! constata l'homme-chat en observant le ciel dont les gros nuages chargés d'électricité poussaient des grondements sourds.

Un coup de vent violent déstabilisa Icare qui relâcha son fardeau. L'homme-chat se retrouva suspendu à l'ange par le foulard d'Aurélie. Le nœud se défaisait lentement. L'adolescente, dans les bras de Nofrig, cria plusieurs fois avant que l'ange les entende. Icare tendit ses ailes pour planer et rattrapa Nofrig qui commençait à glisser dans le vide. Sans un mot, les passagers reprirent leur souffle, le cœur battant.

— Vous venez de franchir une zone de turbulences, mais tout est revenu dans l'ordre. Merci de voyager avec Air Icarus ! ricana l'ange, imitant la courtoisie d'une hôtesse de l'air.

— Ne recommence pas, car je ne ferai qu'une bouchée d'un oisillon comme toi ! avertit Nofrig.

— Regardez ! lança Gayoum qui avait sorti sa tête du sac à dos.

La silhouette monstrueuse de la Grande Bibliothèque apparut sous leurs yeux. À cette hauteur, ils pouvaient très bien suivre l'affrontement entre les pirates et les Pershirs. Des pluies de projectiles succédaient aux volées de flèches pendant qu'au sol, les guerriers se battaient avec rage parmi les corps gisants, les flèches cassées et les épées abandonnées.

— Par la fureur de mon patron ! lâcha l'homme ailé, décontenancé par cette vision d'horreur.

* * *

Les larmes ruisselaient sur les joues de Majira, alors qu'elle balançait son sabre à droite et à gauche en attaquant les points faibles de ses ennemis. Leurs armures étaient solides mais, derrière les genoux et aux aisselles, les hommes-rats n'étaient pas protégés. Elle en profitait donc pour les blesser à ces endroits. Elle demeurait cependant incapable de les tuer. Ces rats n'étaient que le troupeau de Vorax; c'était lui qui méritait le pire sort! En plantant son sabre derrière la rotule d'un autre homme-rat, elle regarda autour d'elle. Les Pershirs continuaient de lutter contre les pirates même s'ils avaient perdu beaucoup des leurs. Les crustobites ne possédaient malheureusement pas l'agilité des chevaux-vapeur.

Majira releva ses yeux mouillés pour implorer le ciel quand elle vit passer l'ange au-dessus de sa tête.

— *Naki!* soupira-t-elle.

Cependant, un coup d'épée dans son dos la projeta sur le sol. Elle se retourna, le souffle coupé, et se retrouva face à face avec Vorax. D'un autre coup, il débarrassa la jeune Pershir de son casque et pointa son épée à quelques centimètres de sa gorge. Il releva sa visière, un rictus déformant ses lèvres.

— Ne remercie pas le ciel tout de suite, petite!

* * *

Icare déposa Aurélie et Gayoum devant la Grande Bibliothèque, où ils se faufilèrent immédiatement. Aldroth referma vivement la porte et parut soulagé de les voir.

— Il était temps que vous arriviez !

— Les Pershirs ne sont pas assez nombreux ! déplora l'adolescente.

— Au moins, tu viens de leur amener deux alliés très puissants… Je vois qu'Icare et Nofrig ont repris des forces !

— Aldroth, que va-t-il arriver si les pirates entrent dans la bibliothèque ? demanda Aurélie.

— S'ils la brûlent, dans ta réalité tu deviendras probablement amnésique ou encore cataleptique…

— Et que m'arrivera-t-il ici ?

— Ils t'enfermeront comme ils l'ont fait avec Nofrig… Et ce, aussi longtemps que tu vivras, conclut l'archiviste, avec un sourire triste sur sa gueule de crocodile.

* * *

— Tiens, mon vieux ! Donne-t'en à cœur joie ! cria Icare en lâchant Nofrig à côté de Vorax qui intimidait Majira.

L'homme-chat se rua sur le jeune roi qui ne perdit pas pied pour autant. Vorax, avec un grognement, balança son arme à deux mains et lacéra l'avant-bras de Nofrig, tachant la fourrure blanche du félin de sang vermeil. La Pershir assena alors un coup de sabre sous l'aisselle du pirate redoutable. Mais son armure ne comportait pas les mêmes faiblesses que celles des autres. Vorax éclata de rire et, d'un coup d'épée, donna à Majira sa première cicatrice de guerre sur la joue. Plusieurs pirates vinrent alors à la rescousse de leur roi et se jetèrent sur l'homme-chat.

* * *

Icare sortit sa Volonté en volant au-dessus des têtes des arbalétriers. En quelques coups, il en débarrassa plusieurs de leur casque. Il leur assena aussi des coups de pied qui rendirent de nombreux soldats inconscients. Les projectiles des frondes sifflèrent de plus belle, atteignant les hommes-rats nu-tête qui tenaient encore debout.

— Hé ! hurla l'ange quand une roche frôla sa tempe.

Il vit alors Baref sourire et hausser les épaules en guise d'excuse. « Vieux renard immature ! Ce n'est pas le moment pour les duels ! » pensa l'homme ailé. Puis une flèche le déstabilisa et l'envoya rouler dans la poussière. Talak sauta sur l'ange afin de l'immobiliser au sol. À plat ventre, Icare sentit une pointe glacée sur sa nuque.

— Tu as peut-être fait repousser tes ailes, mais je doute que tu puisses en faire autant avec ta tête !

* * *

En lançant leurs chevaux mécaniques dans la large porte d'entrée, un groupe de pirates déterminés tentaient de s'introduire dans la précieuse salle d'archives. Le bruit sourd faisait trembler Aurélie qui jetait des coups d'œil inquiets vers Aldroth. Les documents tombaient sur le sol, aussitôt ramassés par les mantes religieuses bibliothécaires qui demeuraient à leur affaire.

— Tu crois que la porte va résister à ça ? hurla Gayoum pour couvrir le vacarme.

— Ça dépend de la volonté d'Aurélie…

— Comment ça, de ma volonté ? On dirait qu'il est toujours question de ça, ici !

— Tu as confiance ?

La jeune fille essuya son front en nage et observa la porte avec détermination.

— La porte a l'épaisseur d'un gros arbre et ils n'ont que des chevaux pour la faire tomber…

Les gonds cédaient néanmoins aux assauts incessants. Aurélie se mordit la lèvre. « Non ! Non ! Ce n'est pas possible ! Nous devons réussir ! Nous ne sommes pas venus jusqu'ici pour perdre aux mains des pirates ! »

La dernière charnière se brisa et la porte vacilla. Avec un cri d'effroi, Aurélie, Aldroth et Gayoum se précipitèrent au fond de la bibliothèque au moment où la porte tombait sur le sol, chambardant les rayons bien classés.

L'adolescente prit son courage à deux mains et décida d'affronter les pirates qui commençaient à allumer des torches. Elle avançait lentement, les poings le long du corps, défiant les hommes-rats du regard. Elle n'avait pas peur de mourir, car elle savait, à présent, qu'ils ne pouvaient la tuer et espérer mener leur plan à bien. Elle n'avait rien à perdre en tentant de les repousser. Et elle ne les laisserait jamais lui enlever ses précieux souvenirs : son enfance, ses amis, sa mère et, surtout, son père. Car il vivrait dans son cœur et dans sa mémoire pour l'éternité.

Se tenant bien droite sur la porte qui venait de tomber, elle ferma les yeux et laissa le vent rageur lui fouetter le visage. Les grondements de la tempête se mêlaient aux hurlements des pirates. Aurélie leva les bras, implorant le ciel, son père et son cœur.

— La Volonté peut tout…

Les mantes religieuses se dressèrent aux côtés de la jeune fille, claquant leurs mandibules menaçantes. Une torche fut lancée à l'intérieur de la bibliothèque et roula sur la porte qui recouvrait le carrelage. Aurélie gesticula tel un chef d'orchestre et le sol s'ébranla. Un mur de ronces se dressa devant la porte d'entrée. Les pirates sortirent leurs épées et mirent le feu à quelques branches pour tenter de franchir cette verdure hérissée. Cependant, ils n'eurent pas la chance de pénétrer dans le lieu sacré, car ils furent anéantis par des lances tirées du ciel.

— Les nomades du désert sont là ! s'écria triomphalement l'adolescente.

* * *

Soudain, une pluie de javelots acérés s'abattit sur le champ de bataille. Les Pershirs et leurs alliés accueillirent les nomades et leurs rajikums avec des cris de joie. Enveloppés de capes rouge vif, les nomades guidaient leurs raies volantes au-dessus des têtes des hommes-rats, les faisant basculer en bas de leurs montures.

Profitant de la distraction de Talak, Icare se retourna et envoya voler l'épée du valet avec sa Volonté. Nullement démonté, celui-ci sortit deux lames tranchantes de chaque côté de son armure et les pointa sur son adversaire. «Il a l'air chétif, celui-là, avec ses gestes maniérés, mais il est fort!» pensa l'ange en repoussant les assauts avec quelque difficulté.

* * *

Le pelage rougi par des égratignures sanglantes, Nofrig se dégagea de l'emprise des rats avec un rugissement. Par chance, il avait la peau épaisse des félins. De ses griffes massives, il déchira les armures métalliques des hommes-rats décontenancés qui se sauvèrent tels des lâches. Il empoigna alors l'épaule de Vorax qui allait achever Majira, blessée. Il le fit pivoter et lui arracha son casque en le tenant à la gorge. Étouffé par la bête imposante, Vorax lâcha son arme et tenta de desserrer la prise de Nofrig.

— Tu n'as pas fini de souffrir, toi! grogna l'homme-chat.

Vorax réussit à lui donner un coup de botte

d'acier dans le ventre et, tandis qu'il se penchait pour reprendre son épée, Nofrig lui griffa le visage. Vorax hurla et porta sa main gantée à sa figure, dont les beaux traits étaient, désormais, labourés de balafres. Il avait même perdu un œil.

— Maintenant, tu vas savoir ce que c'est d'être borgne! rugit Nofrig avec dégoût.

Avec un cri de rage, Vorax se jeta sur lui. Mais un nomade du désert transperça d'un javelot la jambe du pirate, le clouant au sol, inconscient.

* * *

Distrait par le cri de son maître, Talak tomba, étourdi par le coup de la Volonté qui venait de lui couper l'oreille. D'un coup de pied, Icare l'assomma. Les derniers hommes-rats, en voyant les corps étendus de leur roi et de son valet, capitulèrent en éperonnant leurs montures pour les lancer vers la forteresse noire, leur dernier havre.

Les vainqueurs se rassemblèrent avec des cris de joie, malgré les nombreuses victimes de part et d'autre. Otodux vint rejoindre sa fille, dont il était si fier. Elle avait combattu avec un courage digne de son peuple. Il croyait réellement, à présent, qu'elle pourrait gouverner les Pershirs. Il s'avança vers elle, les bras tendus, ému par les yeux brillants de Majira, dont l'armure trop grande, les cheveux ébouriffés et la joue coupée, lui donnaient une allure d'amazone. Mais l'expression heureuse de celle-ci changea et elle poussa un cri de terreur.

— Mon roi ! hurla Baref.

Otodux sentit une présence derrière lui. Puis une douleur sourde lui cribla le dos. Il porta les mains à sa poitrine et un jet de sang jaillit de la plaie. L'air surpris, il tomba à genoux sur le sol, dévoilant le visage de son assassin à la foule consternée. Vorax souriait, malgré les cicatrices sanglantes qui le défiguraient.

Avec un regain d'énergie, le pirate faucha en vol un nomade qui tentait de l'arrêter, pour ensuite enfourcher sa bête écrasée au sol. En donnant une claque sur le derrière de l'animal abasourdi, Vorax s'envola.

22

— Mon Dieu, non! s'écria Aurélie, les larmes aux yeux en voyant Otodux étendu dans la poussière sous les regards ahuris de ses guerriers.

Majira se précipita sur le corps inerte de son père en pleurant. Baref fut le premier à réagir en faisant tournoyer une fronde au-dessus de sa tête avec un cri de rage. Hélas, le projectile ne se rendit pas jusqu'à Vorax qui volait déjà haut. Icare s'élança alors dans le ciel, à la poursuite du pirate assassin.

— Aurélie, arrête-le! s'écria Aldroth qui suivait la scène à côté d'elle.

— Pourquoi donc? Il faut venger Otodux, non?

— Ce n'est pas Icare qui peut le punir! Ou bien il perdra de nouveau ses ailes pour toujours cette fois! Un ange peut se défendre, mais il ne peut tuer... Icare le sait. Pourtant, j'ai peur que, dans sa rage, il l'oublie !

L'adolescente, Gayoum sur l'épaule, sauta sur un rajikum sans cavalier et, donnant une tape sur le derrière de la raie géante, gagna rapidement de l'altitude. Au loin, elle voyait l'ange qui, tel un grand aigle, rejoignait sans difficulté le pirate. Des plumes virevoltaient un peu partout.

— Il commence déjà à perdre des plumes ! coassa le crapaud.

* * *

Vorax vit venir l'homme ailé de loin et contra son coup d'épée en levant son bras protégé par une cuirasse. Il sortit alors son arme et scarifia l'épaule d'Icare qui hurla, déboussolé. «Je recommence à perdre mes pouvoirs», pensa l'ange, incrédule. Il continua, malgré tout, à poursuivre l'ennemi et lui assena un coup dans le dos. Cependant, sa Volonté semblait désormais inefficace. Mais, d'une manœuvre adroite, il réussit toutefois à désarmer Vorax, dont l'épée plongea vers le sol.

— Fais gaffe, Icare ! Tu sais que tu ne peux me tuer au risque de voir tes ailes se décomposer, comme la dernière fois !

L'ange remarqua alors la traînée de plumes qu'il laissait derrière lui.

— Mais comment…

L'ange n'eut pas le temps de terminer sa phrase qu'il reçut un violent coup de poing à la figure. Assommé, il chuta vers le sol désertique, le rire sadique de Vorax résonnant dans sa tête.

Avec adresse, Aurélie réussit à rattraper Icare, et son rajikum sursauta en recevant ce nouveau poids. « Heureusement qu'il n'est pas lourd ! » pensa-t-elle. Elle leva les yeux et vit plusieurs nomades sur leurs raies volantes continuer la poursuite de Vorax. Ils allaient s'occuper de lui. Elle fit faire demi-tour au rajikum.

La jeune fille se rendit compte que l'ange, derrière elle, tremblait de tous ses membres.

— Je ne pouvais pas… Je n'ai pas pu. Je ne voulais pas… hoquetait-il, le visage entre les mains.

— Je sais, Icare, je sais. Tu croyais venger Otodux, mais tu n'es pas là pour ça. Ce n'est pas ta mission à toi.

Elle l'entendit renifler mais ne dédaigna pas se retourner, par crainte de voir le chagrin sur le visage de cet homme ailé que rien ne semblait atteindre. Elle le regarda enfin par-dessus son épaule et nota l'ecchymose qui enflait son œil droit.

— Je prendrais bien une cigarette, soupira-t-il.

— Tu as promis que tu arrêterais pour toute la durée de la mission !

— Tu ne pourrais pas m'épargner ta morale dans un moment pareil ?

— Absolument pas ! ricana la jeune fille en lançant un clin d'œil à Gayoum.

Elle guida le rajikum vers le champ de bataille.

— Tu n'as pas de pitié ! protesta l'ange avec un sourire résigné.

* * *

Une douce pluie se mit à tomber sur le champ de bataille, comme pour laver les traces de l'horrible événement qui venait de s'y dérouler.

— Papa, tout ira bien, ne t'inquiète pas ! sanglota Majira en se penchant pour examiner la blessure de son père.

La profonde entaille saignait beaucoup et la jeune Pershir eut peur que la blessure fût mortelle. L'épée de Vorax avait probablement atteint des organes vitaux. Majira retira le plastron de son armure et déchira la manche de sa tunique de coton pour la presser contre la blessure. Otodux tendit les doigts et caressa la joue de sa fille.

— Tu as mené un brave combat aujourd'hui, ma fille.

Elle prit sa main et y posa un baiser.

— Tu guériras, papa !

— Non, Majira. Mon heure est proche, je le sens, souffla-t-il entre ses lèvres tremblantes et bleuies.

— Papa ! Qu'est-ce que je ferai sans toi ?

— Tu gouverneras ton peuple. Tu as maintenant prouvé que tu étais digne de cette responsabilité.

Il conclut sa phrase avec un toussotement. Il respirait avec difficulté, à présent. Un filet de sang coula au coin de ses lèvres qui souriaient d'admiration.

— Papa ! Non ! Tu ne peux t'en aller ! Tu ne peux me laisser seule !

— Je t'aime, ma petite…

Il émit un râle puis un hoquet. Des larmes roulèrent sur ses joues rondes. Ses yeux demeurèrent fixés vers le ciel, dans une béatitude éternelle. Majira hurla en secouant le corps sans vie, comme si elle pouvait ressusciter l'âme déjà envolée. Elle coucha alors sa tête sur la poitrine d'Otodux, cherchant désespérément un souffle ou un battement de cœur. Elle ferma les yeux et pleura.

Plus loin, Aurélie, Gayoum et Icare rejoignirent Aldroth et Nofrig qui se tenaient un peu à l'écart, tête baissée, devant ce triste spectacle.

Majira balaya le visage de son père de la paume de sa main pour fermer ses yeux vides. En se remettant sur pied, elle fut surprise de voir tous les Pershirs se prosterner devant elle.

— Que font-ils ? demanda Nofrig à Aldroth.

— Le roi a légué son pouvoir à Majira. Elle devient donc leur nouvelle reine.

Le petit groupe, à l'écart, s'inclina donc à son tour pour marquer son respect à la souveraine. Seul Baref demeura debout, une expression indéchiffrable sur le visage. Majira soutint son regard grave sans défi, ni colère.

— As-tu l'intention de contester mon pouvoir, Baref ?

Il serra la mâchoire.

— Crois-tu que ça vaut la peine de diviser notre peuple déjà tant éprouvé par ce combat ?

Les Pershirs levèrent les yeux et suivirent la scène avec une curiosité nerveuse. Majira se tenait droite, nullement intimidée par le grand guerrier qui s'opposait à elle.

— Tu sais très bien que nous avons besoin l'un de l'autre. Si tu m'arraches le pouvoir, tu gouverneras un peuple craintif et méfiant. Tu sais aussi que les Pershirs me porteront la même confiance qu'ils avaient en mon père.

Baref baissa les yeux.

— De mon côté, j'aurai besoin des conseils de quelqu'un de ton expérience…

Le guerrier pershir poussa un long soupir et, après avoir incliné la tête avec résignation, s'agenouilla enfin. Il était trop loyal à la mémoire d'Otodux pour contester sa dernière décision importante. Il conseillerait Majira et protégerait le peuple pershir du mieux qu'il le pourrait, comme il l'avait fait auparavant.

— Ma reine… souffla-t-il.

Les guerriers pershirs applaudirent alors, soulagés de la tournure des événements. Aurélie sourit à son tour. Elle n'avait pas compris un mot de l'échange, pourtant elle savait très bien ce qui s'était dit.

— Elle est brave ! Je savais qu'elle réussirait !

* * *

Un nœud dans la gorge, Aurélie observa les Pershirs porter le corps de leur roi. Ils le déposèrent sur le dos d'un crustobite que l'on avait décoré de fleurs et de branches trouvées autour de la Grande Bibliothèque. Majira laissa Baref donner les ordres, encore trop ébranlée par la mort de son père. À ce moment, Aurélie se sentit encore plus proche d'elle.

Une nuée de rajikums survola alors la Grande Bibliothèque et atterrit près de l'entrée. Le chef des nomades courut vers Aldroth et s'adressa à lui dans sa langue gutturale. Aurélie s'avança, intriguée.

— Les nomades ont essayé de rattraper Vorax, mais il a réussi à s'enfuir sur un de ses bateaux où quelques pirates l'attendaient déjà.

— Y a-t-il un danger qu'il revienne ?

— Non, je ne crois pas. À présent, il est connu partout dans les deux îles et ne pourra plus jamais s'introduire ici sournoisement. Les habitants le chasseront dès qu'ils le verront.

— Et la forteresse ?

— Eh bien, tu sais comment ta maison et celle de Nofrig se sont détériorées lorsque vous avez sombré dans le désespoir… Ce sera la même chose pour Vorax, sa forteresse va se désagréger aussi vite que sa volonté.

— Son havre subira un sort semblable aux vôtres, ajouta Gayoum.

Devant l'air inquiet de la jeune fille, les lèvres d'Aldroth se retroussèrent en un sourire reptilien et il la prit par les épaules.

— Ne t'inquiète pas, Aurélie ! Tu as gagné ! Tu as vaincu Vorax ! Bientôt, la tranchée sera remplie d'eau. Nofrig et toi aurez de nouveau vos îles respectives !

— Fais-moi confiance, il ne remontrera plus sa tronche défigurée par ici ! renchérit Icare.

— Et, s'il vient visiter mon île, je le rendrai définitivement aveugle ! grommela Nofrig.

L'adolescente sourit aux encouragements de ses amis, même si elle gardait un petit doute au fond de son cœur. Vorax était fort et, en plus, il était déterminé…

— Aurélie, le cortège des Pershirs s'apprête à partir ! lui souffla le crapaud.

* * *

Aurélie fit une petite courbette devant Majira.

— Ma reine…

Majira s'agenouilla à son tour devant la jeune fille.

— *Too ragna !* gloussa-t-elle un peu moqueuse.

— Tu es sa reine aussi, traduit Gayoum.

Aurélie se jeta dans ses bras et serra très fort la courageuse Pershir. Majira lui sourit malgré la tristesse qui assombrissait son regard. La nouvelle reine donna ensuite un baiser sonore à Gayoum qui rougit.

— Si tu ne te changes pas en prince avec ça, c'est que ça n'arrivera jamais ! ironisa Icare.

Majira se releva et grommela quelques mots à l'ange, avec un ton de reproche.

— Tu crois qu'une reine comme toi trouvera du temps pour accepter la visite d'un humble ange comme moi?

Majira secoua la tête, exaspérée, puis étreignit tendrement Icare.

— *B'az cluff…*, souffla-t-elle avant de l'embrasser.

Elle se sépara de lui à contrecœur, et ils se sourirent, complices. Elle monta sur le crustobite ayant appartenu à son père, ignorant le regard noir de Baref qui, elle le savait, gardait espoir de l'épouser un jour. Elle fit un signe d'adieu à ses amis et, avec un cri de ralliement, guida le cortège vers le désert, puis au-delà des montagnes pourpres.

Le soleil perça enfin les nuages et jeta un halo de lumière aveuglante, faisant miroiter la Grande Bibliothèque tel un joyau. La fine ondée n'ayant pas cessé, un arc-en-ciel se peignit sur un fond de nuages noirs.

Les nomades partirent à leur tour, leurs rajikums à l'envergure impressionnante projetant une ombre dansante qui s'éloigna dans le désert rouge. Aurélie marcha sur le terrain désolé où avait eu lieu la première et, espérons-le, la dernière grande guerre de son île. Elle remarqua, avec stupéfaction, qu'à chaque endroit où une goutte de sang était tombée la terre crépitait. Elle se pencha et vit quelques germes se ramifier hors du sol et donner naissance à une fleur mauve. À l'endroit où Oto-dux avait expiré son dernier souffle, des racines s'entrelacèrent pour former un arbre aux allures de bonsaï. Un sourire satisfait aux lèvres, l'adolescente s'avança vers Aldroth et Nofrig qui observaient la scène sur le seuil de la porte de la Grande Bibliothèque.

— Je crois que ton espoir et ta volonté reviennent en force ! affirma l'archiviste.

— Moi aussi, je dois aller reconstruire mon île ! déclara Nofrig en se préparant à monter sur un cheval-vapeur. Il faut que je m'y rende avant que la forteresse s'écroule et que je doive nager de l'autre côté…

— J'imagine que, comme la majorité des félins, tu détestes l'eau ! déduisit la jeune fille avec un petit rire.

— C'est un peu ça…

Soudain, Aurélie entendit des pas dans sa tête. Ces pas montaient un escalier. Elle regarda autour d'elle, surprise.

— Qu'y a-t-il ? s'inquiéta Gayoum, toujours sur son épaule.

— J'ai entendu des pas dans ma tête…

— C'est ta mère qui vient te réveiller ! Vite, il faudrait te ramener chez toi !

— Icare !

L'ange, qui était resté derrière pour regarder la caravane des Pershirs s'éloigner, arriva d'un pas nonchalant.

— Qu'est-ce qu'il y a ?

— Tes ailes sont-elles assez fortes pour me porter jusque chez moi ?

L'ange déploya celles-ci. Aurélie serra Aldroth dans ses bras. Elle était heureuse de laisser ce qu'elle avait de plus précieux au monde entre les mains de cet étrange reptile consciencieux. La Grande Bibliothèque avait quelque peu souffert de cette guerre, mais les documents demeuraient intacts. L'adolescente se tourna ensuite vers Nofrig et lui tendit la main avec timidité.

— Je suis contente que ce cauchemar finisse bien ! Bonne chance dans la reconstruction de ton monde, Nofrig l'homme-chat.

Il sourit et serra, de sa grosse patte velue, la petite main. Aurélie se jeta alors dans ses bras avec émotion, comme elle l'eût fait avec un ours en peluche.

— Je suis désolée pour ton œil… J'espère que dans ta réalité aussi tout rentrera dans l'ordre !

— Tout ira bien ! Et garde cette précieuse clef à

ton cou, conseilla Nofrig. Maintenant, tu sais ce qu'elle vaut.

— Vite, Aurélie ! Tu n'as plus beaucoup de temps ! pressa Gayoum.

Icare tendit les bras avec un sourire. La jeune fille s'accrocha au cou de son ange gardien qui, d'un saut, s'envola vers le soleil brûlant. Elle salua une dernière fois celui qu'elle avait cru si longtemps son ennemi.

Nofrig partit au galop dans la direction opposée, vers la grande forteresse qui commençait déjà à perdre son éclat.

* * *

— Oh ! J'entends des pas dans le couloir ! Maman arrivera vite.

— Pas si vite que ça… le temps, dans les rêves, est beaucoup plus long que dans la réalité. Tu n'as pas remarqué que tu avais vécu en une nuit une aventure qui aurait pu durer des jours ? souleva Gayoum.

— Regardez ! s'exclama Icare.

Sur le fleuve sucré, l'homme-pieuvre faisait traverser quelques passagers, d'une espèce inconnue, sur son étrange embarcation. À la rivière succédaient les montagnes pourpres, sur lesquelles serpentaient les rails qu'empruntait le toboggan. La verdure, aux accents violacés, ornait les falaises escarpées jusqu'aux pics enneigés. De l'autre côté, les demeures pershirs, construites à même la montagne, laissaient entrevoir le fourmillement des activités du matin. Lorsque l'armée reviendrait, une nouvelle reine régnerait sur ce royaume vertical.

La forêt d'arbres géants demeurait sombre et cachait une faune active de caniraz, de lapins-lamas et d'oiseaux. Au milieu de cette jungle inquiétante, des marécages clairs entouraient une charmante maisonnette de briques rouges, aux volets bleu et jaune. Aurélie soupira en reconnaissant sa maison qui avait retrouvé sa splendeur. Icare atterrit doucement et déposa la jeune fille sur le pas de la porte. Dans sa tête, elle entendit le grincement de sa porte de chambre et sut qu'elle se réveillerait bientôt. Avec un brin de tristesse, elle percha son crapaud-conseiller sur l'épaule de son ange gardien.

D'une part, elle aurait voulu rester ici ; elle aurait tant aimé que se prolonge son aventure dans ce monde fascinant. Mais elle savait que c'était ce qu'elle vivait, voyait et lisait dans sa réalité qui nourrissait son monde intérieur et le gardait en vie. Il fallait absolument qu'elle continue d'alimenter son imagination…

Elle serra Icare en premier.

— Je suis contente que ce soit toi qu'on m'ait envoyé. Tu es le meilleur ange gardien que j'aurais pu souhaiter.

— Moi aussi, je suis content de m'être retrouvé ici. Sinon, je serais probablement encore sur mon nuage à me morfondre et à préparer de mauvais coups. Avec toutes les îles qu'il y a dans ce monde, je crois que je trouverai facilement d'autres âmes en peine à aider… Mais je reviendrai quand même ici de temps en temps pour vérifier si tout va bien !

— Moi, je serai là pour l'empêcher de jeter ses mégots partout, gloussa le batracien.

Aurélie donna un baiser sur la joue lisse du crapaud.

— Merci, Gayoum, tu es le meilleur conseiller du monde.

— Le plaisir est pour moi et je serai toujours là, déclara-t-il avec bienveillance.

L'adolescente les serra une dernière fois et se tourna pour ouvrir la porte bleue de la demeure. Le hall était intact, aussi chaleureux et sécurisant que dans sa mémoire.

— Viens, Gayoum, j'ai le goût d'une bonne pinte d'hydromel !

— Et tu me dois une portion de mouches marinées…

— Va falloir que je gagne encore quelques par-
ties de cartes pour payer ça !

La jeune fille sourit et secoua la tête avec beaucoup de tendresse à l'égard de ces deux êtres si particuliers. Elle referma la porte et, avec la clef qui pendait à son cou, elle verrouilla la serrure d'un geste
symbolique.

Elle s'introduisit dans sa chambre et constata
que le miroir était intact et que ses choses avaient repris leur place.

— Aurélie… Il est dix heures et demie ! Aurélie, souffla la voix douce de Janie dans sa tête.

Aurélie leva les yeux vers la lanterne qui ne laissa
plus tomber que quelques grains scintillants sur son
oreiller envahi de poussière d'étoiles. Elle se glissa dans
ses draps confortables et se roula en boule sous son
édredon moelleux. Avec un soupir de satisfaction, elle
ferma les yeux. Elle était revenue chez elle.

2 3

Lorsque sa mère lui secoua l'épaule, Aurélie retrouva son monde avec des yeux émerveillés. Janie souriait tendrement.

— Ces pilules font bien effet ! Tu as presque dormi douze heures !

Encore étourdie de sommeil, l'adolescente s'assit dans son lit et constata, en passant sa main dans ses cheveux ébouriffés, qu'ils étaient maculés de poussière scintillante. Le réceptacle de la lanterne, toujours suspendue au-dessus de sa tête, était vide. Ébahie, elle observa sa mère en papillotant de ses paupières lourdes.

— Je n'ai jamais pris cette pilule…

— Quoi ? Je t'ai vue l'avaler hier soir et, en plus, tu as dormi comme un loir toute la nuit !

Aurélie fouilla sa corbeille à papier et retrouva le mouchoir dans lequel elle avait enveloppé sa preuve. Sa mère, étonnée, se mit en colère.

— Comment vas-tu guérir si tu ne prends pas tes médicaments?

— Je suis guérie. La lanterne a fonctionné. Disons que j'ai fait un grand rêve et que j'ai réglé mes comptes avec l'homme-chat. Définitivement.

Sa mère inclina la tête, incrédule. Pour appuyer ses paroles, Aurélie monta sur son lit, sur la pointe des orteils, pour décrocher la lanterne fabuleuse.

— Qu'est-ce que tu fais?

— Je n'en ai plus besoin. Sa mission a été accomplie, répondit la jeune fille d'un ton mystérieux en plaçant la lanterne sur la tablette la plus élevée de sa garde-robe.

* * *

Le lundi matin, après une nuit sans rêves, Aurélie se dirigea avec détermination vers le centre-ville, au bureau du docteur Leclair. La secrétaire à la poitrine pneumatique la regarda d'un air hébété, et lui bredouilla qu'elle ne pouvait entrer dans le cabinet du médecin.

En trombe et sans attendre de permission, la jeune fille ouvrit la porte et déposa le flacon de médicaments sur le lourd bureau de chêne. Le médecin, qui rédigeait des rapports, la fixa avec un air contrarié.

— Tenez, je n'ai plus besoin de votre poison ! J'ai vaincu mes cauchemars sans vos maudites pilules !

Puis elle sortit aussi vite qu'elle était entrée.

Quelques rues plus loin, elle entra dans la clinique de M. Chang qui l'accueillit, ravi et étonné.

— Je vois, par vos yeux brillants, que vous avez réussi !

— Grâce à votre lanterne, j'ai pénétré dans mon monde et j'ai trouvé le coupable de toute cette histoire ! Mon île est en sécurité à présent.

— Vous avez dû avoir d'excellents alliés pour vous aider…

— Je vous remercie de m'avoir écoutée et si bien conseillée, monsieur Chang.

« C'est vous qui avez écouté votre âme et votre cœur, chère Aurélie », pensa le médecin asiatique avec émotion, en signant le billet de retard de cette jeune prodige des rêves.

* * *

— Vous êtes encore en retard, mademoiselle Durocher ! gronda Mme Doucet, les lèvres pincées comme à l'habitude.

Aurélie entra et tendit sans gêne son billet à la maîtresse.

— C'est bien justifié, ce matin ! J'ai dû me rendre d'urgence chez le médecin et, en plus, je vous promets que c'est la dernière fois ! déclara la jeune fille avec un sourire resplendissant.

Mme Doucet accepta le papier et dut avouer que son élève avait bonne mine en ce lundi matin. Le billet provenait d'une clinique asiatique et était signé par un certain docteur Chang.

— C'est vraiment un billet de médecin ? demanda l'institutrice, sceptique.

— Bien sûr ! Et un très bon en plus !

— Veuillez prendre votre place sans déranger les autres, mademoiselle Durocher !

Aurélie s'assit à son bureau, sous le regard incrédule de ses amis. Annabelle la fixait du coin de l'œil avec une moue. Benjamin lui tapota l'épaule et lui transmit un message.

Sa va mieu ?

Aurélie reconnut l'orthographe abominable de Zachary. Elle se tourna de profil et hocha la tête pour lui répondre. Jasmine, à côté d'elle, inclina son cartable.

Le remède de mon oncle a marché?

Aurélie hocha de nouveau la tête.

— Est-ce que je peux avoir votre attention ou vous avez encore du courrier pour Mlle Durocher? ironisa le professeur.

— Non, madame Doucet! répondirent en chœur les élèves.

* * *

Le tintamarre de la cloche du midi retentit et tira Aurélie de sa torpeur. Jasmine, Zachary et Benjamin l'attirèrent le long des couloirs bondés de l'école, vers la cantine bruyante. Tandis qu'ils étalaient le contenu de leurs boîtes à lunch avec des cris et des éclats de rire, Aurélie pensa qu'en fin de compte elle l'aimait bien, son monde. C'était peut-être moins rocambolesque, mais c'était quand même bon de retrouver ses amis.

— Je savais que mon oncle te guérirait ! s'exclama Jasmine avec fierté.

— Vive le feng shui ! ricana Zachary.

— Je devrais envoyer ma sœur voir ton oncle… Il a peut-être un remède pour les chipies ! lança Benjamin.

Aurélie, songeuse, se tourna pour observer Annabelle. Celle-ci mangeait seule. Aurélie se sentit coupable de l'avoir ridiculisée la semaine précédente. Elle pensa alors à Nofrig. Celui qui semblait être son ennemi au début s'était révélé un de ses bons alliés. Son plus grand ennemi dans la réalité, c'était le docteur Leclair. Peut-être qu'Annabelle n'avait besoin que d'une chance.

Aurélie se leva avec un air résolu qui étonna ses amis.

— Hé ! Où vas-tu ? interrogea Zachary.

Aurélie marcha vers l'élève solitaire, les poings serrés de chaque côté de son corps raide. Elle s'arrêta devant la jeune fille maussade qui releva des yeux pleins de colère.

— Qu'est-ce que tu veux, toi ? demanda Annabelle sèchement.

Aurélie toussota, intimidée, puis prit son courage à deux mains.

— Je crois que c'est idiot que nous soyons ennemies comme ça... Nous ne nous connaissons même pas.

— Et ?

Annabelle se leva pour affronter son adversaire.

— Et je crois qu'en se donnant une chance, on pourrait être des alliées redoutables ! continua Aurélie.

Annabelle parut stupéfaite lorsque l'adolescente lui présenta sa main. Jasmine, Zachary et Benjamin, qui observaient la scène de loin, étaient complètement décontenancés.

— Alors là, je n'y crois pas une miette ! marmonna Zachary.

Annabelle baissa les yeux pour réfléchir. Puis, avec un sourire qui paraissait ravi, elle secoua la main qui lui était présentée. De là allait bientôt naître une grande amitié.

Table des matières

Achevé d'imprimer
sur les presses de AGMV Marquis